돈이

아닌 것들을

버는 가게

돈이

아닌 것들을

버는 가게

남형석 산문집

ㄴㄴ > < ㄷㄴ

햇볕과 색깔과 이야기를 모으기 위해

　남춘천역에 내려서 의암호로 흐르는 공지천을 따라 서쪽으로 이십여 분 그리고 이어지는 약사천으로 물길을 거슬러 십여 분 걷다보면, 삼십 년 전 그려둔 그림처럼 낡고 더딘 동네가 나타난다. 약사동. 토박이 어르신들에겐 '약사리'라는 이름으로 더 친숙하게 불리는 봉긋한 언덕 마을의 진입로다. 지도를 펼쳐놓고 보면 도심 한가운데인데 인구 이십팔만 도시의 한복판에 있다고는 믿기지 않을 만큼 오래되고 느릿한 서정의 풍경이다. 시냇가에서 벗어나면 소형차 두어 대가 겨우 지나갈 법한 삼거리가 까딱 고개를 내민다. 가장 골목스러운 방향으로 발걸음을 틀면 나직한 오르막이다. 슬레이트 지붕과 구식 기와의 단층집들 사이로 칠십여 년간 터를 지킨 성당의 첨탑이 고아하게 드러나고 시멘트가 다 벗겨진 샛길이 단풍나무 잔가지처럼 하늘로 길쭉하게 뻗어 있다. 물소리가 닿지 않는 언덕의 끝에는 한때 육림극장이 있었다 하여 지금껏 '육림고개'로 불리는 아담한 번화가가 있다. 이 이야기는 육림고개에 다다르기 전, 그러니까 한줌의 번잡한 세계라도 이르기 직전 나오는 언덕 끄트머리 샛길의 어느 가게에 관한 스무 달의 기록이다.

가게라고 하지만 작은 입간판조차 없었다면 동네 가정집으로 알고 지나칠지 모른다. 수년 전까지만 해도 폐가로 방치되어 있던 열다섯 평 남짓 옛집을 고쳐놓았는데 큰 통창을 두어 곳 내었을 뿐 오래된 지붕과 녹슨 타일 외벽, 재래식 변소는 그대로다. 막상 들어가보면 겉보기와 달리 정갈한 손길이 묻은 흔적을 여기저기서 줍게 된다. 앞마당 라일락나무 아래에는 누워서 햇살 먹으며 책 읽기 좋은 벤치가 짜여 있고 재래식 변소에는 변기 대신 옛날 방 문짝으로 만든 책상과 나무 의자, 무전력 원목 스피커, 손바닥만한 나무 오르골이 놓여 있다. 문을 열고 본채로 들어가면 나무의 책장마다 책들이 기대어 쉬는 중이다. 어디에 시선이 닿든 나무, 나무의 집이다.

책이 진열되어 있다지만 서점은 아니다. 커피를 내려준다지만 카페도 아니다. '공유서재'라는 이름이 붙은 이 가게는 책과 음료가 아

닌 공간을 판다. 공간값을 내기로 하고 앉으면 책을 내어주고 음료
는 따로 주문하지 않아도 그만이다. 독립서점과 달리 진열된 책들은
서재지기가 읽던 헌책들이기에 그다지 조심스럽게 다루지 않아도
된다. 공간을 채우는 것들은 책들뿐이 아니다. 말려올라간 종이쪽지
에 누군가 그려놓고 떠난 펜화, 창작자들의 수공예품이 담긴 나무 진
열장, 누군가의 걱정거리 혹은 인생 첫 책의 의미를 가지런히 담은
손글씨 공책…… 깔끔, 세련미, 모던 같은 단어와는 거리가 멀지만
서투른 손맛이 공간의 빈틈마다 온순하게 스며들어 있다.

　가게에는 다락방도 있다. 머무는 이가 발을 동동 구르면 달그락거
림이 서까래 기둥을 타고 아래로 흐르는데 어디로 올라가야 볼 수 있
는지 눈치채기는 무척 어렵다. 다락을 여는 문이 책장 뒤 어딘가에
숨어 있는 탓이다. 이 비밀스러운 다락방에는 일주일에 한 사람씩 꼬
박꼬박 머물다 떠난다. 서재지기마저 가게 문을 여미고 떠난 밤이면
다락 손님이 고불고불 계단을 타고 내려와 불 켜진 책의 정원을 홀로
차지한다. 목가적인 마을의 깊어가는 밤 풍경이 수채화처럼 걸린 창
가를 바라보며 흔들의자에 앉아 밤새 책을 읽다 잠들 수도 있다. '북
스테이'인 셈인데 여느 곳과는 숙박 기준이 다르다. 며칠을 머물든
숙박비를 당장 받지 않기 때문이다. 머묾에 대한 대가는 오 년 뒤에
돈이 아닌 것들로 내면 된다. 당장 돈이 부족하지만 쉼이나 영감을

얻는 시간이 절실한 이들을 위한, 땅에서 조금 떨어진 두 평 남짓의 은신처인 셈이다.

다락방 말고도 돈이 당장 오가지 않는 거래가 가게 이곳저곳에서 이뤄진다. 진열장에 놓인 수공예품들도 그렇다. 창작자의 작품과 손님을 이어줄 뿐 공간을 내어주고 대신 판매하는 데 대한 값은 받지 않는다. 손님들은 작품 옆에 적힌 작가의 계좌로 작품값을 직접 보내면 그만이다. 또 있다. 손편지를 써서 앞마당 편지함에 넣어두고 가면 공간값마저 받지 않는다. 다만 부칠 수 없는 누군가에게 쓰는 편지여야 한다. 새 둥지를 닮은 나무 우체통에는 그렇게 발신인도 수신인도 분명하지만 누구에게도 가닿지 못하는 손글씨들이 차곡차곡 쌓여간다.

돈이 아닌 것들을 버는 가게. 돈 대신 사람들과 사연이 투박하게 쌓여가는 이 공유서재의 이름은 '첫서재'다. 세상 모든 처음이 시작되거나 기억되는 곳, 저마다의 서툴고 비밀스러운 이야기가 쌓여가는 공간으로 숙성하고픈 마음이 세 글자에 담겨 있다. 어디에서도 다 독여주지 않는 어른의 서투름을 보듬는 공간이 지구에 하나쯤은 필요할 테니까.

다만 첫서재는 태어난 순간부터 시한부를 선고받은 운명이다. 2021년 봄부터 이듬해 가을까지 단 스무 달만 문을 여는 탓이다. 서재지기는 다니던 회사를 휴직한 뒤 연고도 지인도 없는 소도시로 내려와 가게를 차렸다. 스무 달의 휴직 기간이 끝나면 일터로 돌아가야 한다. 십 년 넘게 직장생활하며 번 돈을 스무 달 동안 다 쓰기로 작정하고 육십 년 묵은 폐가를 고쳐 세상 무엇과도 닮지 않은 가게를 꾸렸다. 그리고 자기만의 방식으로 사람들을 초대하기 시작했다. 십 년 넘게 반복되던 업무의 틀 바깥에 잠시 누워 그림책 속 생쥐 '프레드릭'처럼 햇볕과 색깔과 이야기를 모으기 위해.*

한 시기가 완벽히 끝나지도 그렇다고 새로운 생태계에 발 딛지도 않은 모호한 쉼의 경계에서 차린 불완전한 가게. 그러니까 이 책은 어른이 되어 처음 봄방학을 맞은 한 직장인의 불안과 두근거림에 관한 낱기록이며 소도시의 옛 골목 서재에서 일어나는 소소하고 신비로운 일상의 줄엮음이다. 삶은 느슨한 바람이 불어오는 시기마저도 예기한 대로 흐르지만은 않았다.

---

* 그림책 『프레드릭』(레오 리오니 글·그림, 최순희 옮김, 시공주니어, 1999) 내용 중 일부. 필자가 차린 가게 '첫서재' 대문에는 이 같은 의미로 프레드릭 인형이 놓여 있다.

차례

1
부

그다음은
다음에 생각하자

"왜 살인사건 하나 터지지 않는 거야?"

수습기자 시절이었다. 갓 입사한 나 같은 기자들은 서울을 몇 개의 권역으로 나눠서 담당 구역을 배정받는데 나는 이른바 '영등포 라인' 기자였다. 영등포, 강서, 양천, 구로구에서 일어나는 사건 사고를 찾아 새벽부터 늦은 밤까지 경찰서를 돌아다니는 게 주된 업무였다. 몇 시간마다 한 차례씩 선배 기자에게 보고를 해야 했는데 사건 사고가 없으면 영혼까지 탈탈 털리곤 했다. "네가 담당한 경찰서가 네 곳이고 주민이 일백만 명도 넘는데 사건 사고가 하나도 없다는 게 말이 돼?" 선배 말도 듣고 보면 일리는 있었다. 혼쭐이 나면 정신이 혼미해져서 굶주린 하이에나처럼 퀭한 눈빛으로 경찰서 형사당직실의 문을 더 간절하게 두드려댔다. 사건 사고가 많이 일어날수록 나의 일용할 양식도 늘어났고 그렇다보니 매일 밤 더 많은 사고가 나길 소원하며 잠들었던 것 같다.

그러던 어느 날, 옆 권역인 '마포 라인'에서 살인사건이 터졌다. 언론에서 대서특필할 만큼 큰 사건이었고 마포 라인 담당 기자들 사이에서는 치열한 경쟁이 시작되었다. 어제는 어느 신문사에서 단독 기사를 쓰고 오늘은 어느 방송사에서 단독 보도로 되받는 식이었다. 큰 사건이 터진 만큼 그들은 굳이 다른 경찰서를 돌아다닐 필요가 없었고, 가끔 특종이라도 터뜨리면 회사 내외에서 크게 박수받으며 입에 오르내렸다. 그게 어찌나 부럽던지. '저 사건이 우리 라인이었으면' 싶다가 아예 '우리 라인에서도 더 큰 살인사건이 터졌으면' 하고 기원하기에 이르렀다.

지금은 문화가 꽤 바뀌었다지만 당시만 해도 잘나가는 기자가 되는 암묵적인 공식이 있었다. 사회부 경찰기자가 특종을 많이 터뜨리거나 임무를 잘 완수해내면 주로 법조팀이나 정치부로 부서를 옮겼다. 검찰을 담당하는 법조 기자는 에이스 기자의 상징과 같아서 '검찰에 출입한다'는 말은 왠지 기자들 사이에 무게가 실려 있었다. 그들에 대한 평가는 얼마나 친한 검사가 많은지로 가늠되기에 그들의 밤은 주로 잘나가는 검사와 수사관들과의 폭탄주 자리로 채워졌다. 그러다보면 검사들이 철저히 의도한 대로 조금씩 기사를 흘려주는데 그걸 받아서 단독으로 보도하면 사내에서는 특종상도 받고 인정을 받을 수 있었다. 어찌 보면 제 몸 망가지는 대가로 인정욕구와 승리욕을 쟁취하는 셈이다. 법조 기자 선배들과 술자리가 있을 때면 이름만 들어도 알 법한 검사들을 '형, 형님'이라 칭하며 얼마나 친한지 과시하는 얘기를 한참이고 들어야 했다.

나는 법조 기자는 해보지 못했지만 정치부 기자는 잠시 해봤는데 당시만 해도 들어오고 싶다는 기자는 많아도 나가고 싶다는 기자는 잘 없는 부서였다. 정치부 기자가 되니 TV에서나 보던 국회도 마음대로 출입하고 국회의원실에 들어가 의원들과 독대하며 이야기를 나눌 수도 있었다. 사회부 시절에는 형사들, 시민단체들, 거리의 약자들을 주로 만나고 다녔는데 여긴 딴판이었다. 기자는 취재원과 옷을 맞추는 게 좋기 때문에 늘 정장에 구두를 차려입고 출근했다. 출입증이 있어야만 드나들 수 있는 국회 내부와 달리 국회 정문 바깥은 늘 아수라장이었다. 각종 1인 시위와 단식투쟁이 365일 내내 끊이지 않았다. 국회의원과의 소통이 절실하기에 찾아온 사람들일 터이다. 그러나 크게 관심을 두지 않았다. 국회 안에서 돌아가는 일만 처리해도 하루가 빠듯하게 흘렀기 때문이다. 오전에는 담당하는 정당의 최고위원 회의를 기계처럼 받아적고 오후에는 주요 정치인 일정을 따라다니기 바빴다. 일이 바쁠수록 효율적으로 움직여야만 했다. 기삿거리가 안 될 확률이 높은 1인 시위자나 단식투쟁자의 얘기를 듣고 앉아 있을 여유 따위는 없었다. 게다가 국회 정문 바깥은 엄밀히 말하면 국회 출입 기자의 영역도 아니었다. '내 소관이 아니야'라고 자위하며 국회에서 불과 몇 미터 남짓 떨어진 곳에서 밤새 오들오들 떨며 이야기 들어줄 사람을 찾고 있던 그들을 외면했다.

대형 참사에도 점점 무감해졌다. 기자가 갓 되었을 무렵 천안함 사건이 터졌다. 평택 2함대 인근에서 일주일 넘게 머물며 유족들을 취재하고 다녔는데, 처음엔 온종일 눈물범벅이 되어야 했다. 가족과 친구를 잃은 사람들을 하루에도 몇 명씩 인터뷰했다. 매일 밤 모텔에서 잠들 때면 돌덩이가 갈비뼈에 내려앉았다. 그런데 며칠 지내고 보니 신기하게 무겁던 마음이 붕 떴다. 슬플수록 슬프면서 기뻐지기 시작했다. 눈물은 나는데 한편으로는 더 센 기삿거리를 구해왔다는 쾌감이 동시에 일었다. 이게 한꺼번에 일어날 수 있는 감정이었다니. 사 년 뒤 세월호 참사 때도 진도 팽목항에서 일주일을 보냈는데, 감정 이입되지 않겠다고 얼마나 다짐을 하고 갔던지 그 다짐을 어느 정도 이뤄내는 내 모습을 보면서 기겁했던 기억이 난다. 몇 달 뒤엔 판교에서 야외공연을 하다 대형 환풍구가 무너지며 사람 여럿이 숨진 사고가 터졌다. 이른 저녁 현장으로 출동해 정신없이 취재하고 방송하고 새벽 무렵 집으로 돌아오며 문득 깨달았다. 나는 눈앞에서 사람이 죽어도 눈물 한 방울 흘리지 않는 인간이 되었다고.

그렇게 나는 착실히 회사가 원하는 괴물이 되어가고 있었다. 문제는 주변에 그런 사람들이 워낙 많아서 누군가 제동해주기는커녕 추동하기만 했다는 것이다. 기자 집단의 특수성인지 경쟁이 심한 직업군의 보편성인지는 모르겠다. 다만 괴물이 되지 않으면 뒤처질 것만 같은 생태계에서 도태되기 싫었던 것만은 분명하다. 그 와중에도 분별력과 인간성을 잃지 않고 정도를 걷는 기자들도 있었지만 적어도 나는 그런 부류는 아니었다. 그리고 나 같은 동료들이 적지 않았다. 우리는 남의 상처를 들춰내는 일까지도 경쟁했으며 그런 경쟁심을 공공의 이익과 사명감으로 포장하기 바빴다. 기사로는 정의와 신뢰를 말하면서도 기자들끼리의 단톡방에서는 악의적 소문과 인격모독으로 도배된 지라시가 매일같이 나돌았다. 누가 몇 명 죽었다는 뉴스마저도 단톡방에 서로 먼저 전하려고 기를 썼다. 그렇게 훈련된 사람들이니까.

어느 날 우연히 소시오패스를 분석한 글을 읽다가 깜짝 놀랐다. 글은 다름 아닌 나와 동료들을 훑고 있었다. 소시오패스인지 의심해보라고 한 유형의 인간들을 주변에서 쉽게 볼 수 있었다. 나는 서둘러 나부터 돌아보아야 했다. 누구보다 주변의 영향을 흡수하며 자라는 유형의 인간이기에 이 생태계에 머무는 한 소시오패스에 가까운 어른으로 영원히 남을 것만 같았다. 그렇게 해야 성공한다면 기꺼이 그 길을 걸을 수 있는 사람이었다, 나는. 인정 못 받는 건, 지는 건 생각만 해도 싫으니까.

어디서부터 잘못된 걸까. 기자로서의 삶을 낱낱이 되감다보니 어느새 사회생활의 굴레에 막 뛰어들기 시작했을 무렵까지 거슬러올라갔다. 십여 년 전의 나는 미숙한 채로 사회에 진입했고 거기서부터 삶의 행로는 틀어졌던 것만 같았다. 입사 자체가 치열한 경쟁이다보니 '왜 입사를 하는지' 스스로 묻지 않고 '어떻게 입사를 할 수 있는지'에만 골몰하다 얼떨결에 언론인이 되어버렸다. 성숙하지 못한 채로 경쟁에 몰입하니 반칙을 저지르게 되고 남을 이기는 쾌감을 맛보기 시작하면서 자만심이 팽창했다. 그 반칙과 자만은 습성으로 굳어지고 결국 경쟁의 링 밖에서도 일상적으로 그러한 사람이 되고 말았다. 선명하게 그렇게 되어가고 있었다. 성장으로 포장한, 성공욕에 몰입한, 미숙한 어른.

기자가 되기 전 '어른이 되면 이렇게 살고 싶다'고 소망하게 해준 책과 영화들이 있다. 그것들에 파묻혀 살았을 적 나는 꽤 맑은 정신을 지녔던 것 같다. 그들이 내게 제시해주던 삶은 명백히 내 일상 건너편에서 흐르고 있었다. 그 강물로 다시 뛰어들 순 없을까. 이 바닥에서 살아남고 성공하는 것보다 더 가치 있는 삶에 몸을 흘려보낼 수는 없을까. 이미 늦었나. 오래 고민할 필요는 없었다. 다행히 회사에 휴직 제도가 있었다. 더 늦기 전에 직장인으로서의 삶을 잠시라도 멈추고 서울에서 벗어나보기로 했다. 지난 십여 년간 나를 둘러싼 조직과 공간에서 빠져나오는 게 우선이라고 생각했다. 주변의 영향에서 자유로울 수 없는 나라는 걸 잘 아니까. 내 안에 이런저런 자아가 공존하고 있다면 기자일 때와는 다른 자아를 발현시켜줄 환경에서 잠시라도 살아보고 싶었다. 이십대에 꿈꿔왔던 대로 마음껏. 남반구와 북반구처럼 직장의 생태계와는 180도 다른 계절이 어딘가에 있을 것이다. 그게 어디라도. 단 몇 달이라도.

물론 그렇게 살다 돌아온다고 해서 타성으로 오염된 정신이 회복될지 확신할 수는 없었다. 잠시 기자 바깥의 세계에서 헤엄친다고 묵은 때가 물살에 씻길까. 기삿거리에 굶주려도 인간성을 잃지 않는 기자, 몰입되지 말아야 할 것에 몰입되지 않는 직업인으로 변해 있을 수 있으려나. 다시 이 바닥의 셈법에 충실히 따르는 자아가 되살아날 것만 같은데. 무엇보다 그런 삶을 살다가 혹시 더는 기자로 살고 싶지 않다는 마음이 들면 어쩌지? 다른 먹고살 방법도 또렷이 마련해두지 않았으면서. 모든 게 불분명하기에 불현듯 불안감이 덮쳐오는 나날이 반복됐다. 하지만 일단 마음을 따라 흘러보기로 했다. 흐르다보면 뜻밖의 강물을 만나거나 먼바다가 열릴 수도 있으니까. 그물살에 몸을 싣고 느긋한 마음으로 유영하다보면 어느새 성공이나 인정욕구의 파도에 휩쓸리지 않는 단단한 내가 되어 있을 수도 있으니까.

소망은 결심이 되었다. 물릴 수 없는 실행 계획부터 세워야 했다. 일 년간 준비기간을 둔 뒤 이듬해 2월, 학생들의 봄방학이 시작될 무렵 회사에 휴직계를 내고 나만의 봄방학을 갖기로 했다. 그리고 서울을 벗어난 어딘가에서 내가 설계한 삶의 모양대로 마음껏 살다 오기로 결심했다. 지난 회사생활에서 번 돈을 모조리 쓰면서 잠시라도 자의에 따르는 삶, 감동적인 일상을 살아볼 것이다. 그다음은 다음에 생각하자.

나의 서재지만
모두의 서재인 곳

서재를 짓자는 생각이 들었다. 뜬금없는 생각이기도 오래된 생각이기도 했다. 일단 무작정 휴직을 결심하면서 두 갈래 길에 대한 선택권이 생겼다. 모처럼 아무것도 안 하며 살아볼 수도 있었고, 하고 싶은 걸 마음껏 하며 살아볼 수도 있었다. 어느 쪽을 택할까. 마음은 이미 기울어 있었다. 모든 걸 내려놓고 푹 쉬기엔 나를 간지럽히는 것들이 많았다. 직장 다니느라 못해봤던 것들, 그리고 옛꿈들. 이거 못하면 죽을 때 후회할 것 같은 그런 오래 묵은 소망들이 마음 한구석에 살아 있었으니까.

읽고 쓰는 사람이 되고 싶었다. 물론 기자도 수도 없이 읽고 쓴다.

하지만 읽어야 할 걸 읽고 써야 할 걸 쓴다. 나는 읽고 싶은 걸 시간의 구애받지 않고 실컷 읽고, 쓰고 싶은 걸 형식의 제약 없이 실컷 쓰며 살고 싶었다. 말하자면 작가가 되고 싶었다. 기자가 되기 이전부터 오래 품어온 꿈이다. 그러나 부끄럽게도 그 꿈을 향해 정진해본 적은 없다. 대학을 졸업할 무렵 덮친 보편적 불안과 인정욕구 탓이다. 애써 대학까지 나왔는데 주변 동기들이 다니는 수준의 회사 정도는 가야 할 것만 같았다. 오랜 시간 투자해준 부모님께도 얼른 자랑스러운 자식이 되고 싶었다. 다들 그렇듯 나도 그랬다. 창작하는 사람이 되기에는 걸어온 행보도 지극히 평범했다. 모험을 걸기엔 배짱도 자신도 없었다. 그러다보니 글을 쓰면서 동시에 안정적으로 월급을 받을 수 있는 직업을 자연스럽게 찾게 되었다. 그렇게 기자가 되자고 결심을 굳혔고 언론사 합격이라는 행운이 덥석, 생각보다 일찍 찾아왔다.

기자 생활은 예상보다 매력적이었지만 그렇다고 묵혀둔 옛꿈이 산화하지는 않았다. 십 년이 지나도 마찬가지였다. 직업에 익숙해져 '잘살고 있다'는 안도감이 넘쳐흐를 때마다 숨죽인 마음이 조용히 물었다. '나 뭐 하고 있지?'라는 물음은 십 년 넘는 직장생활 내내 단 한 번도 가신 적이 없었다. 그러다 뒤늦게 괴물이 되어가는 스스로를 발견했고 휴직을 결심했다. 이번이야말로 묵혀둔 꿈에 투신할 기회였다. 내가 나 자신에게 처음으로 선사하는 기회.

그렇다면 읽고 쓰는 삶을 위해 무엇을 준비해야 할까? 얼핏 두 가지가 필요해 보였다. 이야기를 모으러 떠도는 삶. 그리고 자기만의 방. 일단 떠도는 삶은 애초에 불가능했다. 가족이 있었기 때문이다. 아이를 돌보는 임무는 나도 누군가의 의무로 그렇게 자라났기에 내 꿈보다 앞서야 했다. 그에 비해 자기만의 방은 실현 가능해 보였다. 비싼 서울 땅이 아닌 곳에서라면 말이다. 어차피 휴직하는 동안 탈서울을 결심했으니까. 그러다 번뜩 떠올랐다. '이야기를 찾아 항해하듯 살 수는 없겠지만 나만의 방을 차려놓고 떠도는 이야기를 초대하며 살 수는 있지 않을까?'

그럴 수 있을 것 같았다. 나의 서재를 만들고 이야기를 불러모으는 공간으로 모두에게 열어두면 될 일이었다. 말하자면 공유서재를 만드는 거다. 나의 서재지만 모두의 서재인 곳. 내가 읽고 쓰는 동안 누군가는 푹 머물다가 자신의 이야기를 흘려두고 떠나는 곳. 그런 공간을 만든다면 굳이 떠도는 삶을 갈구하지 않아도 될 터였다. 물론 누군가의 이야기를 불러모으기란 쉽지 않을 것이다. 누군가 이야기를 흘려두고 가는 대가로 나 역시 그들에게 내어줄 게 있어야 했다. 내가 영감을 얻기 위해 타인에게도 그만큼 영감을 선사하는 공간을 꾸려야만 했다.

그런 꿈의 서재를 지을 수 있을까. 사람들은 과연 와줄까. 막연한 질문 같았지만 답은 의외로 간단했다. 공간을 내어주는 대가로 돈이 아닌 다른 것들을 받으면 되지 않을까? 돈 대신 이야기를, 영감을 꿈을 조금만 내어달라고 한다면. 그런 공간은 세상 어디에서도 찾기 힘들 테니 누군가 찾아와주지 않을까? 돈은 지난 십 년 넘게 지겹도록 벌며 살았으니까. 내 생각의 모양새대로만 살다 올 휴직 기간에는 돈이 아닌 다른 것들을 벌어보는 삶도 그럭저럭 괜찮아 보였다. 물론 어떤 방식의 공간을 차리든 운영비는 충당해야 하겠지만 공간의 일부는 돈 대신 다른 거래의 수단이 오가는 방식으로 운영해볼 수 있을 것 같았다.

아직 어느 도시, 어떤 집에서 살지 정하지도 못했지만 머릿속에서는 설계도를 그려나가기 시작했다. 원목으로 둘러싸인 공간은 책들로 가득하다. 누구나 편히 들러 생각을 푹 익히거나 활자의 숲에서 산책하는 기분을 느낀다. 공간 한쪽에서 내가 글을 쓰는 동안 다른 누군가는 읽고 누군가는 그리고 밀린 업무나 작업을 하고 창밖을 바라보며 사색하다 불현듯 영감을 얻는다. 저마다 자기 일을 하지만 서로를 구속하지 않는 연대감과 공유된 정서가 낮은 공기를 타고 흐른다. 그중 누군가는 돈을 내고 이용하고 누군가는 이야기를 내고 이용한다. 누군가는 꿈을 낸다. 꼭 지금 당장 무언가를 내지 않아도 된다. 몇 년 후에 내겠다고 약속만 할 수도 있다. 겉보기에는 북카페 혹은 공유서재이지만 내밀하게 들여다보면 꿈과 취향과 사연이 느슨하게 엉킨 책의 소우주인 셈이다. 아직은 상상 속의 공간이지만 현실로 이루지 못한다는 법도 없었다. 우리는 대부분 안 해서 단념하지, 못해서 단념하지 않으니까.

상상이 시작된 김에 가게 이름도 지어두자고 생각했다. 먼저 나의 공유서재에 어떤 사람들을 초대하고픈지 어떤 사람이 찾아오길 바라는지 스스로에게 물어봤다. 지금의 나와 결이 닮은 사람들이었으면 좋겠다는 생각으로 수렴해갔다. 경로에서 잠시 벗어난 나. 삶의 방향성을 되돌려보려 우왕좌왕하는 나. 처음으로 서울을 떠나 낯선 도시에서 꿈꾸던 공간을 만들려는 나. 그리고 읽고 쓰고 싶어하는 나. 이 모든 내가 서툴기도 한편으로는 설레기도 했다. 여기 오는 사람들도 마찬가지였으면 좋겠다고 생각했다. 저마다 책을 보고 사색하며 각자의 서투름을 쌓고 설렘을 챙겨가는 공간. 그런 서투름과 설렘을 동시에 담은 글자는 내가 아는 한 단 하나밖에 떠오르지 않았다. 그렇게 공유서재의 이름을 '첫서재'로 정했다. 그저 여기에 잠시라도 다녀가는 모든 이의 '첫'들이 휘발하지 않고 시나브로 쌓이는 공간으로 숙성해주길 바랄 뿐이었다. 서투름과 불안을 안고 시작하려는 누군가에게 영감이 되거나 위로가 되거나 적어도 쉼이 되는 공간이었으면 하는 소망을 세 글자에 그렇게 담았다.

이렇게 서재를 짓기로 하고 이름까지 정하는 사이 계절이 훅 바뀌었다. 어느새 봄이었다. 이듬해 봄이 열리기까지 일 년여. 그사이 해야 할 것들의 순서를 차근차근 정하기로 했다. 먼저 서울을 벗어나 어느 도시, 어느 동네에 정착할지부터 알아봐야 했다.

봄을
이름에 품은 도시

    사는 동네를 옮기려면 하나의 세계를 통째로 옮겨야 한다. 머무는 곳이 달라지면 사람의 생애도 뒤흔들리기 마련이니까. 나는 이제껏 그런 변화를 거의 실감하지 못하며 살아왔다. 기억이 닿지 않는 어린 시절부터 스무 살까지 오직 한 집에서 살아온 탓이다. 스무 살 이후로는 다니던 대학 근처에 터전을 마련했고 지금껏 같은 동네에서 살고 있다. 그러니까 서른몇 해를 살면서 단 한 차례만 나를 감싼 세계가 뒤흔들렸던 셈이다. 같은 동네에서 꾸준히 시절을 보냈다는 안정감은 선물 같은 행운이었지만 한편으로는 다채로운 세계에서 살아봤더라면 지금보다 생이 더 역동하지 않았을까? 하는 아쉬움도 있었다.

그래서인지 살다가 한 번쯤은 머물 곳을 온전히 스스로 정해보고 싶었다. 도시 거주자들은 대개 자신의 거처를 지정당하며 살게 된다. 어릴 적에는 부모님이 정해줄 테고 학생이 되면 대개 학교 근처에 머물러야 한다. 졸업하고도 직장과 가까운 곳, 아이 어린이집 가기 편한 곳, 지하철역 가까운 곳, 그게 아니라면 돈이 없어서 어쩔 수 없이 머무는 곳 등의 조건들에 얽매여 살 곳을 정한다. 거기 꼭 살고 싶어서가 아니라 어쩔 수 없이 거기 살아지는 경우가 많다. 그래서 다가올 휴직 생활은 귀하디귀한 기회였다. 머물 곳을 자유의지로 선택할 어쩌면 단 한 번뿐일지 모를 기회.

그렇다면 어느 도시에 가서 살아볼까. 직장생활 중 틈만 나면 여행을 떠나면서 마음속에 몇몇 도시를 품어놓긴 했다. 언젠가 한 번쯤은 폭 안겨보고 싶다고 꿈꾸던 도시들이었다. 가장 먼저 통영이 떠올랐다. 딱히 연고도 없고 가는 길도 멀지만 거의 매년 시간을 내어 들렀을 만큼 짝사랑하던 곳이다. 아늑한 강구안 항구. 그 아늑함을 봉긋하게 감싸안은 이름마저 예쁜 두 피랑.* 동네 책방이 있는 고운 봉수골 마을. 박경리, 김춘수, 유치환, 윤이상, 백석, 이중섭의 숨결

---

* 벼랑의 순우리말. 강구안을 둘러싸고 동피랑과 서피랑이 봉긋 솟아 있다.

이 묻은 예술가의 도시. 한편으로는 통영 말고도 동해안에 주판알처럼 늘어선 소도시들도 마음에 두었다. 고성과 속초부터 양양, 강릉, 동해, 삼척까지 어디든 좋았다. 날씨가 온화하고 바다가 있고 대관령 너머에 있기에 다른 세상에서 산다는 단절감도 누릴 수 있을 것 같았다. 저 멀리 섬살이도 꿈꿔봤다. 울릉도나 제주도는 어떨까. 고립된 그곳에서는 꿈꾸듯 살 수 있을까.

상상만으로 결정할 순 없기에 주말마다 틈을 내어 전국을 누볐다. 그러나 이상하게도 거론한 도시 어디에서도 무언가 채워지지 않는 빈틈을 느꼈다. 아름다운 단추지만 꼭맞는 단춧구멍을 찾지 못한 기분이랄까. 그런 감정은 논리적으로 설명할 수도 없었다. 여행을 다닐 때엔 설레는 도시들이었지만 막상 살아볼 계획을 꾸리고 찾아가 상상의 밑그림을 그리니 마음이 좀처럼 자리잡지 못했다. 그저 여행지로서의 매력과 살고 싶은 매력은 끌어당기는 지점이 서로 달랐던 것 같다고 추측할 뿐이었다. 휴직 기간은 다 보태면 스무 달 남짓. 일곱 번의 계절을 보낼 곳인 만큼 착 달라붙는 안정감과 포근함을 충만하게 느끼고 싶었다. 오래 눌러앉아 함께 들숨과 날숨을 내쉬고픈 기운을 주는 동네를 찾고 싶었다. 단 며칠 휘휘 둘러보는 것만으로 그런 폭 안긴 기분에 닿을 곳이 있을까? 스스로 세운 기준에 나도 의아해하며 돌아다녔지만 결국 오랜 탐색 끝에 그 닿을 듯 말 듯한 감정

에 가장 가까운 도시를 운명처럼 만났다. '봄'을 이름에 품은 유일한
도시, 춘천이었다.

바다도 없고 북쪽 끄트머리라 몹시 춥고 분지 지형이어서 미세먼
지 수치도 생각보다 높은 도시. 그런데 이상하게도 춘천으로 향할 때
마다 그런 흠결을 감싸안고도 남을 특별한 볕의 기운이 감지됐다. 어
쩌면 추억 때문이었을지도 모르겠다. 갓 대학생이던 스무 살 무렵 기
차를 타고 소풍을 떠나온 때의 두근거림. 오래 함께 살던 룸메이트
의 고향이라 같이 놀러 갈 때마다 친구 부모님께 배 터지도록 닭갈비
를 얻어먹었던 기억. 이십대 후반에 첫 직장을 얻고 동료 셋이 무작
정 찾아와 의암호 잔디밭에서 서로 머리를 맞대고 누워 낮잠을 청했
던 어느 여름. 서른이 한참 넘어 지독하게 쉼이 필요하던 때 혼자 찾
아와 온종일 머물던 샛노란 가을. 춘천에서의 기억은 흐르지 않고 웅
덩이처럼 거기 고여 있다가 내가 찾아올 때마다 말라가는 감각을 되
적시는 듯했다. 그 기억에 잠겨 잠시 살아볼까, 하는 무턱댄 마음은
어느새 뜻 모를 확신으로 차올랐다.

마지막까지 망설임이 조금 남았다면 아무래도 바다가 부재한 탓
이었다. 바다마을에서 일기 쓰듯 살고 싶은 소망을 버리기가 쉽지 않
았기 때문이다. 춘천 말고 염두에 둔 도시들은 전부 바다에 닿아 있

었다. 그렇지만 춘천에 다녀올수록, 도시를 감싼 드넓은 호수들이 '우리가 너의 바다가 되어줄게'라고 설득하는 것만 같았다. 곰곰이 생각해보니 호숫가에 누워 있거나 자전거를 타고 달릴 수 있고 나무 카누에 올라 노를 저을 수도 있는 도시는 흔치 않았다. 의암호 한가운데 둥둥 떠서 한참 '물멍'을 하다보니 바다에서 누릴 수 있는 행복이 대부분 대체될 수 있을 거란 믿음은 더 깊어졌다. 그러고 보면 이제껏 어딘가 훌쩍 떠나려 짐을 쌀 때마다 바다보다 호수의 도시를 더 갈구해왔다. 동화 속 마을 같던 네팔 포카라의 페와 호수, 베트남 달랏 이름 모를 호숫가 오두막에서의 사흘, 시베리아 한가운데의 바이칼 호수와 몽골의 홉스굴까지. 영혼을 압도당하는 바다보다는 따뜻한 품에 안겨 있는 듯한 호수에서 더 내밀하게 마음을 내려놓곤 했다. 도시를 감싸안은 춘천의 호수들은 나의 작은 바이칼이자 홉스굴이 되어줄 것만 같았다. 게다가 한 시간만 차를 타고 달리면 언제든 바다를 볼 수 있는 도시이기도 했다.

그렇게 춘천에서 나는 잠시 삶의 속도와 방향을 조절하기로 마음을 굳혔다. 이듬해 봄이 되면, 봄을 이름에 품은 단 하나뿐인 도시에 안겨 봄방학처럼 살기로. 그사이 올해 봄은 훌쩍 지나가고 여름이 찾아왔다.

1963년에 지어진 집,
그 집과 동갑내기인 라일락나무

유난히 비가 잦은 여름이었다. 봄의 도시에서 보내게 될 휴직 생활이 시작되려면 아직 계절이 세 번 더 바뀌어야 했다. 그사이에는 회사를 다니면서 틈틈이 서재 차릴 동네를 알아보러 춘천에 오갔다. 춘천은 소도시였지만 동네마다 다른 분위기를 자아내는 다채로운 빛깔을 지녔다. 남춘천역이나 후평동 주변은 서울의 구시가지 아파트촌과 크게 다를 바 없었고 미군 기지 터가 오래 방치된 춘천역 주변은 개발을 앞둔 옛집들이 덩달아 낡아가고 있었다. 시내를 둘러싼 동서남북에는 산과 개울이 흔해 물이 흐르는 평지와 길을 낸 비탈마다 옹기종기 동네가 형성되어 있었다. 그 간극 어딘가에서 머물 동네를 정하려면 나만의 또렷한 기준이 필요했다.

먼저 아늑한 동네였으면 싶었다. 뜬구름 잡는 소리 같지만 가장 중요한 기준이었다. 아늑함은 모호하게 피어나는 감정이다. 동네에 도착했을 때 골목을 걸을 때 만질 수 없지만 만져지는 감촉이다. 그 설명할 수 없는 온기가 직감으로 전해지는 동네에 서재를 차리고 싶었다. 그리고 오래된 집이고 싶었다. 서울에서 보던 흔한 건축물 사이에서 머물고 싶진 않았다. 옛집을 뚝딱뚝딱 고쳐 지내보는 건 오래 묵혀둔 로망이기도 했다. 이런 기준으로 볼 때 처음에는 시내보다 외곽에서 전원생활을 하는 게 나아 보였다. 이름만으로도 봄봄 하고 동백꽃이 필 것 같은 김유정역 인근 실레마을, 강 건너에서 시내를 바라보며 살 수 있는 금산리 박사마을을 차례로 들러 서재를 차릴 만한 곳이 있는지 살폈다. 그러나 오래 가지 않아 다시 시내로 눈길을 돌렸다. 마땅한 외곽 동네를 찾지 못했기 때문이기도 하지만 고즈넉한 풍경에 안겨 지낼 수 있는 마을을 시내 한복판에서 찾았기 때문이다. 약사리로 불리던 봉긋한 언덕 마을, 약사동이었다.

춘천의 원도심에 속하는 약사동은 한때 시내의 중심이었다가 주변 뉴타운들이 발달하며 쇠락한 동네였다. 지금은 단층 구옥만 즐비하고 주민은 대부분 혼자 사는 어르신들이었다. 그래도 왕년에 왜 이곳부터 사람들이 모여들기 시작했는지는 쉬 짐작할 수 있었다. 지리

상 시내 한가운데인데다 언덕 위에 있어 다른 곳이 한눈에 내려다보였기 때문이다. 동네는 낡았지만 걸어서 몇 분만 가면 꽤 번성한 상업지역도 있고 오래된 맛집들도 즐비했다. 동네 한복판에는 칠십 년 넘게 터를 지켜온 성당이 우뚝 솟아 있어서 그 고풍스러운 기운이 골목 틈새마다 서리어 있는 듯했다. 마을 아래에는 약사천이라 불리는 개울이 졸졸 흘렀다. 건너편 6차선 도로가 내뿜는 아스팔트의 잿빛 기운을 막아내는, 마을 울타리 같은 개울이었다.

이 동네를 두 차례 둘러본 뒤 더 고민할 것 없이 여기 터를 잡기로 결심을 굳혔다. 꼭 머물러야 할 이유는 선명했고 머물지 못할 이유는 흐릿했다. 무엇보다 마음에 쏙 들어온 옛집 하나가 있었다. 차 한 대 겨우 지나갈 법한 좁은 길가에서 더 비좁은 사잇길로 방향을 틀자마자 나오는 첫 집이었는데 길을 걷다가 우연히 마주친 순간 두 발이 땅에 콕 박히고 말았다. 사람이 살지 않은 지 한참 된 폐가였지만 예전부터 알고 있던 것만 같은 착각을 주는 신비한 집이었다. 오래 방치돼 지저분하고 무너져가는 와중에도 집이 간직한 고유의 아름다움은 부패하지 않고 있었다. 사람이 떠난 집을 말없이 지키고 있던 등 굽은 라일락 고목, 세월의 빛을 묵힌 타일 외벽, 새파란 슬레이트 지붕과 푸른 하늘의 조화. 부서진 창문 앞에 서면 겹겹이 늘어선 지붕 뒤로 옛 성당의 첨탑이 고개를 빼꼼 내밀고 있었고 아담한 마당에는 생명력 질긴 풀들이 땅의 기운을 데우고 있었다. 게다가 소박한 크기의 집이었기에 이 정도면 제한된 예산으로도 사서 고칠 수도 있겠다는 기대까지 품어볼 만했다.

주소를 얼른 적어두고 동네 부동산으로 향했다. 나이 지긋한 부동산 사장님과 함께 등기부등본부터 확인하며 집의 역사를 훑어봤다. 1963년에 지어졌고 1977년부터 사십 년 가까이 주인이 바뀌지 않다가 몇 년 전부터는 아무도 살지 않게 된 집이었다.

"혹시 주인분을 찾을 수 있을까요? 제게 팔 의향이 있다고 하시면 연락해주세요."

며칠 후 아침이었다. 회사 사무실에 있는데 전화가 걸려왔다. 스마트폰 진동이 울리는 순간부터 반가운 소식일 거라는 직감이 들 때가 더러 있다. 그 순간이 꼭 그랬다.

"집주인은 나이 오십 넘은 형제 두 분이세요. 이 집에서 어릴 때부터 자랐는데 각자 결혼해서 분가해 사셨다네요. 어머니에 이어 아버지까지 이 집에서 차례로 돌아가신 뒤로는 몇 년째 그냥 집을 놔두고 있었대요. 마침 두 분이 공동명의로 계속 소유하고 있기는 어려워서 팔 생각을 하고 계셨다는데, 만나보시겠어요?"

며칠 지나지 않아 큰 차이가 나지 않는 금액으로 우리는 계약을 마쳤다. 전 주인 형제분들은 부동산 사장님께 자초지종을 들었다면서 젊은이들이 자신들의 옛집을 부수지 않고 고쳐서 살겠다니 고마운 마음이라고 덕담까지 건네주었다. 도장을 찍으며 약속드렸다. 다 고치고 나면 초대할 테니 꼭 함께 와주셨으면 좋겠다고. 두 형제분은 흔쾌히 응하며 말했다.

"4월이 좋겠어요. 그때 집 마당에 있는 라일락나무에 꽃이 피거든요."

큰돈이 오가는 민감한 거래의 현장에서 향긋한 진심이 오가는 순간이었다. 게다가 두 분은 선물 같은 사실까지 일러주었다. 아궁이가 있는 부엌 위에 쓸만한 다락방이 하나 있다고. 잘 고치면 사람 한 명 정도는 아늑하게 머물 수 있을 거라고.

계약을 마친 날은 잠을 이루지 못했다. 열댓 평 남짓, 마당까지 다 합쳐봐야 서른 평이 안 되는 아담한 집이지만 온전히 내 땅이 생겼다는 사실에 마음이 들썩였다. 평생을 서울의 사각형 건물들에 살아왔는데 이제 얼마간이나마 푸른 지붕과 라일락나무의 품에서 머물게 되었다니. 사는 공간이 달라진 만큼 이제부터 삶의 모양도 달라질 것이었다. 사는 동네를 옮긴다는 건 하나의 세계를 통째로 옮기는 일이니까.

　오래된 가족을 떠나보내고 홀로 남겨진 옛집은 이제부터 사람들이 공유하는 서재가 될 터였다. 다행히 집과 동갑내기라는 커다란 라일락나무가 생명력을 잃어가는 건물에 애써 숨을 불어넣고 있었다. 이제는 내가 바통을 이어받아 날숨을 내쉴 차례였다. 오래 버려졌기에 성한 구석을 찾아보기 힘든 집을 되살리는 일이 새 가족이 된 나의 몫으로 남게 되었다.

공유서재
만들기

독서의 계절이라는 가을이 다가왔다. 가을이 되면 왜 책을 곁에 두고 싶은 사람이 많아져 보이는 걸까? 나도 그랬는지 짧지도 길지도 않은 생을 되짚어봤지만 딱히 계절과 독서의 명료한 상관관계를 찾아내지는 못했다. 대신 책이 특정한 계절이 아닌 삶의 변곡점마다 곁에 있었던 것만은 분명하다. 학창시절의 그릇된 뜨거움을 식혀준 것도 책이었고 젊음을 오독해 수렁에 빠졌을 적 나를 구해준 것도 책이었다. 어른이 되어서 갈 길을 잃고 갈팡질팡할 때에도 책은 묵묵히 불안한 미래를 차분히 달래주었다. 활자를 가까이 둘 때면 삶의 물꼬는 항상 예상치 못한 쪽으로 터졌고 그 방향성은 지금의 나를 조립했다. 요컨대 책에게 큰 빚을 지고 있는 삶인 셈이다. 휴직을 결심하면서 서재를 만들겠다고 마음먹은 까닭도 어쩌면 삶의 전환기를 맞아 또 책에 기대어 마음을 세공하고 나아갈 방향을 잡으려는 본능이었을지 모른다.

그렇다면 그런 책들로 가득찬 꿈꾸던 공유서재를 만들기 위해 이제 어디서부터 어떻게 집을 고쳐야 할까. 휴직을 시작하기까지는 두 번의 계절이 남았다. 부지런히 주말마다 서울과 춘천을 오가며 현장을 살폈다. 라일락나무와 푸른 지붕이 예뻐서 샀다지만 그것 말고는 걱정투성이였다. 오래 사람이 살지 않아 대부분 썩어가거나 무너져 내리고 있었으니 말이다. 작은 방의 지붕은 어른의 머리가 닿을 만큼 푹 내려앉아 있었고 창문은 날카롭게 깨진 채로 방치돼 있었다. 한쪽 건물 외벽은 겉보기에도 피사의 사탑처럼 앞으로 기울어가고 있었다. 유품 정리도 되지 않아 낡은 옷가지와 가구에서는 묵은 먼지가 피었다. 흩어진 책더미에서는 곰팡이 냄새가 진동했다. 이 집을 어떻게 탈바꿈해나갈지 묘한 흥분과 두려움이 덮쳐왔다.

일단 하나씩 풀어나가려 몇몇 리모델링 업체와 상담을 나눠봤지만 대부분 그게 무슨 소리인지 잘 모르겠다는 반응이었다. 그럴 만했다. 공유서재인데 서점이나 헌책방은 아니라고 하고 북카페 비슷하지만 음료보다 책이 먼저인 공간이라 하고 다락방엔 사람 한 명 정도 머물 수 있었으면 좋겠다고 하고 사람들이 이야기를 내어주고 영감을 얻어가는 공간이어야 한다니. 나 역시 공간의 얼개만 그렸을 뿐 구체적으로 집을 어떻게 다듬어야 할지 혼란스러웠기에 제대로 생각을 표현하기 힘들었다. 과연 누가 우리 생각을 구현해주기나 할까 걱정이 부풀어가던 즈음 상담했던 한 업체 대표에게서 연락이 왔다.

"저희 이 공사 꼭 하고 싶습니다. 좋은 취지로 운영하는 가게인 만큼 참여하고 싶고 생각도 서로 맞아서 잘할 수 있을 것 같아요."

수화기 너머에서 마음이 전달되는 것 같았다. 서울의 핫 플레이스에서 수많은 리모델링 공사를 따낸 업체였던 만큼 굳이 이 소도시의 옛집에 목맬 필요도 없을 터였다. 그래도 그는 꼭 하고 싶다고 했다. 다음 날 간단한 미팅을 거쳐 계약을 마쳤다. 우리는 설계도를 그리기 위해 수차례 회의해 방향성을 공유하기 시작했다.

공동의 목적은 분명했다. '공유서재 만들기.' 얼핏 보면 가정집 같지만 누구나 들러서 향긋한 차를 마시며 책을 읽을 수 있는 공간 말이다. 더불어 새로 고친 집일지라도 옛집의 역사를 단절하고 싶지는 않았다. 집이 품어온 고유한 정서를 이어가서 먼 훗날 다음 주인이 될 사람에게 넘겨주고 싶었다. 낡고 초라한 건축물일지라도 머무는 이가 귀하게 다듬어준다면 가치 있는 유산으로 남을 테니까. 마지막으로 화려한 겉모습보다는 단명한 지향점이 드러나는 공간으로 꾸미고 싶었다. 그 지향점은 나뭇결, 노란 불빛, 그리고 책으로 시각화할 것이었다. 모두 마음을 잔잔하게 하는 일상의 원소들이다. 그래서 처음 왔을 땐 와! 하고 감탄하지 않더라도 오래 머무를수록 안정감과 온기를 느끼는 공간으로 거듭나길 바랐다.

방향성을 정한 뒤에는 무너지고 부서진 집에서 보전할 가치가 있는 물건들부터 골라내기 시작했다. 다행히 몇 가지 남길 만한 것들이 눈에 띄었다. 예컨대 지붕을 구성하는 나무판들은 거의 썩거나 부서졌지만 대들보만큼은 단단하게 살아 있었다. 마당에는 집과 동갑이라는 육십 살 된 라일락나무가 여전히 푸른 이파리를 돋우고 있었다. 여섯 남매가 옹기종기 웅크려 앉은 듯한 모양새의 크고 작은 장독대들도 녹슬었지만 깨지지 않고 세월을 버텨내고 있었다. 낡은 방문 역시 손잡이에 못이 빠져 덜렁거렸지만 그런대로 건재했다. 이렇게 살릴 수 있는 것들은 어떻게든 살려보기로 마음먹었다.

다음은 공간을 구성할 차례였다. 공유서재는 주택이 아니지만 그렇다고 평범한 가게도 아니다. 보통 주택을 가게로 바꿀 경우에는 공간을 더 널찍하게 보이려 각 방의 벽들을 모두 부수어 없애기 마련이다. 그러나 서재는 다른 가게들과 달리 책 잘 읽히는 곳이어야 한다는 생각이 들었다. 그래서 각 방의 벽을 부수지 않고 그대로 두기로 했다. 공간이 트일수록 시원한 기분이겠지만 집중력은 도리어 흐트러질 테니까. 벽을 남겨둔 덕분에 로비는 좁아터지고 너른 공간 하나 없는 가게가 되겠지만 독립적인 방들이 있으니 저마다 오밀조밀 개성 있게 꾸며볼 수도 있을 것 같았다. 벽의 색깔과 재질은 오로지 하얀 페인트와 나무로만 짜기로 했다. 유행하는 색깔로 칠하거나 디자인 도배를 하는 방안도 생각했지만 최대한 투박하고 단순해야 사람들이 책을 읽을 때 더 편안할 것 같았다.

　가장 고심했던 공간은 화장실이었다. 육십 년 된 집이다보니 재래식 화장실이 집 바깥에 있는 구조였다. 어떻게든 살려볼까 애썼지만 결국 화장실만큼은 실내에 들이기로 마음을 고쳐먹었다. 나 하나 불편한 건 감수하겠지만 굳이 찾아와주는 다른 사람들까지 불편하게 하면 안 될 것 같았다. 다만 실내에 화장실을 지으려면 옛 아궁이가 보존돼 있는 주방을 없애야만 했다. 배수시설을 설치할 유일한 자리였기 때문이다. 예스러움을 고스란히 간직한 아궁이가 사라진다고 생각하니 못내 아쉬웠지만 이별해야 할 땐 미련 없이 하자며 마음을 다독였다. 그 대신 기존의 재래식 외부 화장실을 세상 어디에도 없을 독특한 공간으로 변신시켜보자고 마음먹었다. 더러움과 깨끗함이 공존하고 과거와 현재가 뒤엉킨 곳으로 만들어보기로 했다. 일단 철거 예정인 방 문짝을 책상으로 변신시켜 재래식 화장실 안에 두기로 했다. 지저분한 실내벽은 반쯤 그대로 놔두고 나머지 반은 하얀 타일을 입혀 깨끗하게 정리할 것이었다. 바깥 풍경이 보이도록 작은 창도 하나 내자고 했다. 천장에는 고풍스러운 백열전구를 매달기로 했다. 버린 맥주캔을 재활용한 전구와 원목으로 만든 스피커를 책상 위에 놓아두자는 아이디어도 나왔다. 그렇게 향후 이 집에서 가장 독특한 공간이 될 '독립서재'의 설계를 완성했다.

비좁은 마당 역시 살릴 수 있는 것들을 최대한 살리면서 사람들이 그것들에 가까이 다가갈 수 있도록 설계했다. 이 집을 산 결정적 이유였던 커다란 라일락나무는 주변에 원목 틀을 입혀 벤치를 짜기로 했다. 라일락나무 아래서 꽃향기 맡으며 책을 읽는 낭만적인 공간이 되길 바라면서. 오랜 세월 용케 살아남은 육남매 장독대는 계절나무를 심어 화분으로 재탄생시킬 심산이었다.

마지막으로 다락방이 남았다. 처음 올라가봤을 땐 과연 살릴 수 있을지 의심부터 들었다. 천장은 거의 무너져 있었고 바닥도 부실해 어른 한두 명이 동시에 펄쩍 뛰면 구멍이 뚫릴 것만 같았다. 그러나 단 한 사람이라도 잘 수 있는 공간만큼은 꼭 마련하고 싶었기에 돈을 더 들여서라도 보수공사를 하기로 마음먹었다. 이 공간을 내어주고 싶은 사람들이 머릿속에 어렴풋이 떠올랐기 때문이다. 아직 한 번도 만나보지 못했지만 내가 경외하는 사람들, 가장 궁금해하는 사람들을 이 다락방에 초대하고 싶었다. 그리고 숙박비를 돈이 아닌 다른 것들로, 지금이 아닌 먼 미래에 받는 형태로 운영해보고 싶었다. 일단 다락의 바닥과 지붕을 안전하게 정비하고 디자인은 다른 공간과 달리 밝은 톤으로 꾸미기로 했다. 누가 혼자 잘 때도 무섭다는 생각이 들지 않았으면 하는 바람이었다. 거기에 돌담이 얼핏 보이도록 키 작은 창문을 길쭉하게 내고 자그마한 수제 고목탁자를 제작 주문하기로 했다. 일어서면 천장에 머리를 찧을 법한 키 낮은 공간이니 그냥 눕거나 앉아서 책을 읽으라는 의도였다. 천장은 목재에 니스칠을 하지 않은 채 나뭇결 그대로 숨을 쉬도록 내버려두기로 했다.

이렇게 설계를 마친 뒤 시공에 들어갔다. 공사 첫날, 물품들을 치우고 부술 것들을 다 부수니 앙상한 집의 뼈대만 덜렁 남았다. 집을 발가벗기고 나니 그제야 육십 년간 고택을 지탱해온 숨겨진 가치들이 고아하게 드러났다. 껍질은 다 벗겨졌지만 여전히 지붕을 든든히 떠받치고 있던 대들보. 꺼진 땅 밑으로 기둥이 무너지는 걸 막아내고 있던 돌 받침들. 투박하게 생긴 그들이 보이지 않는 곳에서 버텨내고 있었기에 이 낡은 폐가는 육십 년의 세월을 이겨내고 나와 조우할 수 있었을 터이다. 집을 해체하는 과정은 눈에 보이는 것들이 아닌, 보이지 않는 것들에게 존경심과 애정을 헌사하는 시간이었다.

해체작업이 끝난 뒤부터는 두 달 가까이 본격적인 공사를 진행했다. 매주 하루씩 휴가를 내어 춘천에 가서 공사 현장을 지키고 현장 상황에 맞게 설계를 수십 차례 변경해야 했다. 두어 달의 지난한 과정을 거쳐 대문에 전등 다는 작업을 끝으로 1차 공사를 마쳤다. 그사이 단 하루도 무난한 날이 없었다. 두 달 내내 머리를 쥐어 짜내며 크고 작은 실수가 있으면 어쩌나 가슴이 터질 것만 같던 시간의 연속이었다. 가장 힘들었던 점은 건축이라는 전문 분야의 모든 결정을 비전문가인 내가 공사 주기에 맞춰 빠른 시간 내에 내려야 한다는 현실이었다. 리모델링은 경험이 아닌 상상을 바탕으로 많은 판단을 내리는 작업이었다. 벽과 책상과 손잡이의 색깔, 가구의 크기, 미세한 선반의 높이, 세면대의 종류와 두께까지 일일이 정해야 하는데 어떠한 기준도 참고할 만한 자료도 쉽게 찾지 못했다. 오직 '이렇게 하면 괜찮겠지'라는 상상만으로 선택하는 경우가 빈번했다. 그 결과물이 아쉬워 며칠을 끙끙 앓기도 큰돈을 버리기도 땅을 치며 후회하기도 했다. 공사 기간 내내 새벽 두세시쯤 잠이 들어 대여섯시쯤 눈이 떠지는 일상이 반복됐다. 생각할수록 늘어나는 경우의 수를 끊임없이 따지고 천장에 그려보고 빠르게 결정해서 현장에 알려야 했으니 매일같이 잠을 설치는 건 너무나 당연했다.

그렇지만 역설적으로 서재 짓기와 함께한 두어 달은 생애 가장 바쁘면서도 가슴 뛰는 나날들이었다. 살다가 또 언제 오로지 나만의 자유의지로 모든 걸 선택하고 결정할 기회가 올까? 온전히 내 상상과 무지와 예술적 감각과 서툰 판단력으로 한 점씩 조립되는 세상이 눈앞에서 펼쳐진다는 건 그 어떤 경험과도 바꿀 수 없는 완벽한 자유로움이었다. 무엇보다 공사를 진행하는 내내 나는 집이 아닌 인생을 리모델링하는 기분이 들었다. 집 고치기란 내가 무엇을 추구하는 사람인지, 인생을 살면서 어떤 취향을 갖게 되었는지 스스로 거슬러오르는 과정과도 같았다. 나는 밝은 톤보다는 어두운 톤을 좋아하는 사람이더라, 세련미보다 투박함에 이끌리더라, 흰색보다 때 묻은 색감에 더 정을 주더라, 네모난 것과 둥그런 것이 어우러질 때 가장 안정감을 느끼더라, 플라스틱을 싫어하고 나뭇결에 애착을 보이더라. 이런 나라는 사람이 스스로 고치고 꾸민 열댓 평 남짓의 서재 구석구석에 고스란히 묻어 있었다. 서재 하나에 이제껏 살아온 날들과 쌓아온 생각들을 통째로 갈아 넣은 기분이랄까. 세상 무엇과도 닮지 않은, 오직 나의 살아옴을 닮은 공간을 완성했다는 것. 아마도 이번 공사가 내 삶에 준 가장 큰 선물이 아닐까 하였다.

우여곡절도 시행착오도 많았던 서재 짓기 과정이 얼추 마무리되고 나니 어느새 가을이 흘러갔다. 공사가 끝난 뒤에도 자잘하게 고치고 다듬을 것들이 많아 매주 주말마다 서울과 춘천을 오간 덕에 첫서재의 계절이 흐르는 광경을 기꺼이 감각할 수 있었다. 앞마당 라일락나무는 잎새를 모두 떨군 채 앙상한 가지만 남았고 그 옆자리 남천나무는 비로소 붉은 겨울 열매를 맺기 시작했다. 그리고 머지않아 첫서재에 첫눈이 내렸다.

여기 어때요, 엄마?

글 읽으며 자라다 글 쓰는 직업인이 됐다. 대학도 수능이 아닌 논술특기자로 들어갔다. 여덟 살부터 스물여덟 살까지 꼬박 일기를 썼고 스물여덟 살부터 지금껏 여행기를 쓰며 생의 증거를 활자로 남겨왔다. 이렇게 글과 엮여 살게 한 힘은 엄마의 독서였다. 기억이 닿는 한, 엄마는 어릴 적부터 나와 좀처럼 놀아준 적이 없었다. 하긴 네 살 때부터 옆집과 윗집에 동갑내기 친구가 이사 왔으니 굳이 엄마를 찾을 이유도 없었을 터이다. 다만 친구들과 실컷 놀고 집에 돌아와보면 엄마는 늘 부엌에서 음식을 만들거나 침대에 누워 책을 읽고 있었다. 이불을 목까지 덮고 베개를 곧게 세워 고개에 받치고 안경을 콧날까지 내려쓴 채 책장을 넘기고 있었다. 봐온 대로 자란 걸까. 나는 어른이 된 지금도 여전히 엄마를 빼닮은 자세로 누워 책을 대한다.

엄마의 선물도 늘 책이었다. 한 달에 한 번 엄마는 나와 데이트해주었다. 장소는 매번 비슷했다. 롯데월드 이층에 있던 세종문고, 좀 멀리 가면 광화문 교보문고였다. 서점에서 책을 고르는 건 온전히 내 몫이었다. 아무 책이라도 두 손에 들 수 있을 만큼 고르면 모두 사주셨다. 책더미 사이에 만화책을 한두 권 슬쩍 껴 넣어도 개의치 않았다. 다만 그걸 다 읽어야 또 데이트하러 오겠다고 했다. 아빠와는 야구를 함께 보거나 침대에서 레슬링을 하면서 즐거운 시간을 보낼 수 있었지만, 엄마와 대화하려면 밥 달라는 얘기 아니면 책 얘기를 꺼내야 했다.

사춘기에는 엄마의 책장에서 책을 한 권씩 꺼내 읽으며 남몰래 성숙해갔다. 박완서, 박경리, 강신재 작가의 글을 거기서 만났다. 거듭 돌려 읽는 사이 대학생이 되고 직장인이 되었다. 직장생활 십 년을 채우고는 덜컥 춘천의 작은 폐가를 사서 공유서재로 고쳐놓았다. 휴직을 한 뒤 연고는 없지만 왠지 봄이 예쁠 것 같은 이름의 도시에 잠시 살면서 실컷 책 읽고 원 없이 글 써볼 요량이었다. 고쳐 짓는 공사가 끝난 뒤 가장 먼저 싣고 온 건 책더미였다. 정성껏 책장에 진열해놓으니 제법 근사한 서재가 완성되었다. '첫서재'라는 간판도 걸어두었다. 좀처럼 꾸미는 법이 없고 삶에 덕지덕지 형용을 붙이지 않는, 엄마를 닮은 이름 같았다.

첫눈이 내리고 얼마 지나지 않은 초겨울의 어느 날. 첫서재에 엄마가 찾아왔다. 아버지, 누나, 매형, 조카 모두 함께 초대했지만 가장 먼저 보여주고 싶은 사람은 진즉에 정해져 있었다. 이 서재는 엄마가 만든 거나 마찬가지니까. 엄마 아들로 살다 여기까지 와버렸으니까. 열댓 평도 채 안 되는 좁은 공간을 엄마는 느린 걸음으로 훑었다. 여전히 엄마의 입은 쉽사리 열리지 않았다. 공간을 맘에 들어하는지 아닌지 좀처럼 눈치채기가 힘들었다. 다만 엄마의 시선이 결국엔 책장으로 향했음은 알 수 있었다.

날이 어둑해지고 가족들은 비좁은 서재에서 각자의 시간에 머물렀다. 아버지는 어설픈 아들내미가 고쳐놓은 집이 과연 튼튼한지 손댈 곳은 더 없는지 구석구석 끊임없이 살폈고 매형은 조카와 놀아주느라 바빴다. 유난히 고된 회사생활을 하는 누나는 다락방에서 잠시 눈을 붙였고 엄마는 흔들의자에 앉아 책을 폈다. 엄마가 앉아 있는 모습을 상상하며 동묘시장 고가구상에서 사들인 바로 그 흔들의자였다.

"여기 어때요, 엄마? 맘에 들어요?"

엄마의 대답은 엉뚱했다. 자주 그랬지만.

"내가 아는 책이 네 권밖에 없네."

그사이 책 제목들을 다 훑은 모양이었다.

"그래서 슬퍼요?"

잠시 머뭇거리다 엄만 말을 이었다.

"응, 슬퍼. 아는 책이 네 권밖에 없어서가 아니라 나머지 책들이 어떤 내용일지 더는 궁금하지 않은 게."

그 와중에도 엄마의 손엔 책이 들려 있었다. 참 모순되기도 이해되기도 한 풍경이었다. 무언가 말을 건네야 할 시점 같았으나 나는 되받지 않기로 했다. 잠시 후 엄마는 흔들의자에서 일어나 일곱 살 손주의 손을 잡고 마당으로 나갔다. 어느새 서재의 밤이 깊었다.

가끔 부모님 댁에 놀러 갈 때마다 거실 탁자에 놓여 있는 책을 목격한다. 누군가 반쯤 읽다 만 듯 무심하게 펼쳐졌다 거꾸로 덮인 책을 보며 나는 부엌의 엄마를 바라본다. 그 책은 엄마가 읽고 있었을 것이다. 내가 손주의 손을 잡고 집에 들어서기 전까지 소파에 누워 이불을 목까지 덮고 베개를 곧게 세워 고개에 받치고 돋보기안경을 콧날까지 내려쓴 채 책장을 넘기고 있었을 것이다.

첫서재에 그런 엄마를 초대한 뒤로는 괜히 마음속 물음표만 잔뜩 늘었다. 그럼에도 끊임없이 책장을 펼치는 엄마의 마음이 문득 궁금해진 탓이다. 이 책을 읽으며 엄만 무슨 생각에 잠겼을까. 생각의 꼬리를 물다보면 결국 나에게로 되돌아온다. 엄마를 췌장까지 빼닮은 아들이니까. 언젠가는 나에게도 엄마가 겪는 시간이 찾아올까. 첫서재에서 마주친 엄마의 눈망울은, 우리 둘의 나이 차이처럼 꼭 삼십 년 뒤 나의 흐릿한 눈에 담기려나.

아직 덜 추워요

공사를 마치고 처음 가족을 초대한 뒤로는 주말마다 좋아하는 사람들과 함께 춘천으로 향했다. 직장 동료들, 오랜 친구들, 친구 같은 후배들. 영혼의 쇳물을 들이부어 고친 옛집을 하루빨리 보여주고 싶은 사람들이었다. 어둠에 순응하는 마을에서 노란 불빛을 켜둔 채 그들과 깊어가는 밤을 응시할 때마다 행복감이 밀려왔다. 이제껏 겪은 고생이 싹 잊히는 순간이었다. 그 밤들이 적신 마음을 당분간은 말려내지 못할 것만 같았다. 한편으로는 첫서재에서 벌일 작당들을 하나씩 모색해나갔다. 회사 다니느라 못해봤던 것, 돈 벌어야 한다는 핑계로 미뤘던 것들을 마음의 창고에서 하나씩 끄집어내어 늘어놓거나 끼워 맞춰보는 시간이었다. 올겨울은 그렇게 설렘으로만 가득한 따뜻한 계절이 될 것만 같았다.

　그러나 착각이었다. 행복에 겨운 초겨울이 떠나자 매서운 강원도의 추위가 덮친 탓이다. 그 추위란 생각보다 훨씬 이르고 혹독했다. 우선 어떻게 해도 서재의 실내가 따뜻해지지 않는다는 게 문제였다. 공사를 시작할 때 다가올 추위를 너무 얕잡아본 게 탈이 됐다. 옛 동네라 도시가스를 설치하려면 많은 돈을 들여야 했다. 카페를 운영했던 지인에게 자문을 구하니 '신발을 벗지 않는 가게는 굳이 바닥에 보일러를 깔 필요 없이 온풍기로 충분하다'고 조언해주었다. 그 말을 듣고 섣불리 도시가스를 설치하지 않기로 결정해버렸던 것이다. 사람이 머물 다락방에만 별도의 전기 열선을 설치하고 다른 곳은 온풍기로 버텨볼 요량이었다.

　그러나 막상 독한 추위가 찾아오자 보일러 없는 집의 문제가 여실히 드러났다. 추위 자체가 서울과 결이 다르기도 했지만 특히 지붕이 문제였다. 육십 년 된 옛 지붕의 나뭇결을 원형 그대로 보존해두었더니 열기가 실내에 갇히지 않고 다 지붕으로 빠져나가버렸다. 온풍기가 천장에 매달려 있어 내뿜는 뜨거운 바람이 땅으로 내려올 새도 없이 지붕 틈새로 모조리 날아가버리는 것이었다. 온풍기를 아무리 틀어도 발밑은 계속 시려왔다. 내게 조언을 건넨 이들의 가게는 대부분 신식 건물이라 천장이 완벽히 막혀 있었다는 걸 간과했던 것이다. 결국 전기료 하마로 불리는 소형 전열기들을 대량 동원해야 했다. 키 낮은 전기 히터, 미니 온풍기, 라디에이터를 종류별로 사서 곳곳에 배치해두었다.

그래도 그나마 이건 해결 가능한 일이었다. 더 큰 위기는 주중에 서재를 비워둔 사이 찾아왔다. 새로 설치한 기기들이 추위를 못 견디고 하나씩 고장나기 시작한 것이다. 혹한이 막 시작된 크리스마스 연휴. 저녁에 첫서재에 도착해보니 바닥이 온통 물바다가 되어 있었다. 주방 싱크대 밑에서 물이 폭포처럼 콸콸 쏟아지고 있는 것이었다. 싱크대 문을 열어봤더니 온수기와 제빙기를 잇는 플라스틱 정수 필터가 추위를 못 견디고 터져 있었다. 제빙기로 공급되어야 할 물이 깨진 필터 사이로 끊임없이 콸콸 흘러나왔다. 영문도 모를 제빙기가 자꾸 물이 모자란다는 신호를 보내니 수도관은 또 순진하게 계속 물을 흘려 보내주고 있었던 거다. 그 물은 제빙기가 아닌 가게 바닥을 온통 적시고 있었고.

일단 정수 필터 연결 탭을 닫으니 물 폭포는 멈추었다. 아껴 만든 서재에서 우아한 크리스마스를 보내려던 꿈은 산산조각나고 온 가족이 자정까지 쓰레받기로 물을 퍼내고는 젖은 물품들을 헤어드라

이어와 전열기까지 동원해 말려야 했다. 이런 추위가 계속되는 한 또 언제 정수 필터가 터질지 모르니 섣불리 교체할 수도 없었다. 애써 칠한 하얀 벽이 물을 머금어 누렇게 뜬 모습을 하염없이 바라만 보다 이튿날 서울로 돌아왔다.

그게 끝이라면 그나마 다행이었으련만. 어느 날 밤 서울 집에서 잠을 청하다가 문득 걱정이 들었다. 정수 필터가 터질 정도면 곧 수도관도 꽁꽁 얼어버릴 수도 있지 않겠나. 평생 아파트에서만 살다보니 동파 걱정은 별로 하지 않고 살았는데 그날 밤은 마음이 멀리 춘천에 가 있느라 제대로 잠도 못 이뤘다. 주중에는 회사를 가야 하니 주말이 되자마자 부랴부랴 춘천으로 향했는데 이미 뒤늦었다. 수도꼭지는 움직일 생각을 하지 않았다. 얼지 말라고 땅속 깊이 묻어두고 스티로폼까지 덮어둔 계량기조차 멈춰 있었다. 그때가 영하 14도. 가게 안으로 들어가보니 진열대에 올려둔 물통도 심지어 변기 물까지 꽝꽝 얼어 있었다. 변기는 얼음의 팽창을 견디지 못하고 아예 깨져 있었다. 물 한 방울 흘러나오지 않으니 먹지도 씻지도 소변을 보지도 못하는 최악의 상황이었다. 다음 날 상수도사업본부에서 점검을 해보니 계량기 파손은 아니라고 했다. 교체만 하면 되는 계량기가 아니라 땅 밑으로 파놓은 수도관이 얼었다는 말이었다. 더 난감한 상황이었다. 동네 해빙업체를 찾아서 연락해봤더니 '거주하면서 매일

돌보지 않으면 어차피 다시 얼 테니까 한 달가량 기다렸다가 날이 좀 풀리면 녹이는 게 어떠냐고 조언해주었다. 그러고는 더 섬뜩한 한마디를 남겼다.

"아직 덜 추워요. 이거보다 더 추워질 건데 괜찮으시겠어요?"

춘천의 겨울은 영하 24도까지 떨어졌다. 구석구석 꽁꽁 얼어버린 가게를 하염없이 바라보다보면 첫서재를 향한 열정까지 싸늘하게 식는 기분이었다. 그러나 이미 벌여놓은 일, 어떻게든 스스로 다독여야 했다. 새로운 뭔가를 해보려는데 어떻게 술술 풀리기만 하겠는가. 그래도 속이 상한 건 어쩔 수 없었다. 복구 비용도 그렇지만 학생 아니면 월급쟁이로만 살았던 지난 세월이 저 멀리서 '이게 인생이야. 이제 시작이야……'라고 말하는 것만 같아 한없이 작아지기도 약 오르기도 하는 나날들이었다.

휴직생활을 시작하기도 전에 체험한 강원도의 혹독한 추위는 날씨 앞에 겸손하라는 교훈을 남기고 사그라들기 시작했다. 유독 올해가 더 추웠던 거라고, 이름도 무서운 '북극발 강추위'가 몇십 년 만에 덮쳤기 때문이라고 위안도 해보면서 조금씩 얼어붙은 것들을 고쳐나가기 시작했다. 지금과는 정반대로 무더위가 닥칠 계절도 오겠지. 그 계절은 또 어떻게 서투른 나를 혼내줄까. 춘천에서의 첫봄이 먼

남쪽에서 서서히 스며오고 있었다.

2
부

춘천살이
첫 보름

2021년 2월 22일

드디어 휴직이 시작되는 날이자, 춘천으로 이사하는 날이다. 아침 일곱시가 막 넘은 무렵부터 바깥이 시끄러웠다. 창문을 열고 내다보니 우리집 때문이었다. 이삿짐센터 차량이 너무 일찍 왔다며 경비아저씨께서 막아 세우고 있었다. 슬리퍼를 끌고 얼른 나가봤다.

"주민들 출근하기도 전인데 벌써 이사를 시작하면 어떡해요?"

"죄송해요. 저희가 강원도로 멀리 이사를 가느라 아침 일찍부터 짐을 싸야 해서요."

"왜 강원도까지 가요?"

"뭐 다른 것 좀 하다 오려고요."

"나도 고향이 강원도인데. 얼마 살다 와요?"

"한 스무 달요."

강원도라는 말에 경비아저씨 화가 좀 누그러진 모양이다. 다행히 주차 문제가 원만하게 해결되었다. 이삿날은 늘 그렇듯이 정신없이 바빴다. 어떻게 밥을 먹었는지 어떻게 고속도로를 두 시간 달려 춘천에 도착했는지 온전히 기록하기 어려울 만큼 몽롱하게 하루가 갔다. 일은 이삿짐센터 분들이 다 하시는데 괜히 내가 더 지친 기분. 어느새 밤이 찾아왔다. 아홉시가 넘어서야 이삿짐을 다 옮겼다. 시끌벅적하던 집이 고요해졌다. 대충 씻고는 서둘러 침대에 누웠다. 머리맡이 바뀌어 괜히 어색했지만 낯섦보다 피로감이 더 컸는지 이내 졸음이 밀려왔다. 잠이 덮치기 전에 잠시 생각했다.

서울이 아니구나, 여긴. 태어나서 처음으로 서울 아닌 곳에서 나는 살아보게 되었구나.

2021년 2월 23일

아침 일찍부터 첫서재로 향했다. 육십 년 묵은 폐가를 고쳐 만든 이곳에서 나의 스무 달 휴직이 열리고 닫힐 것이었다. 문 여는 날짜는 3월 21일로 정했다. 그사이 보수공사를 마쳐야 한다. 할 게 참 많다. 땅 밑 누수된 곳은 없는지 살피고 겨우내 써보지도 못하고 터진 정수 필터와 변기도 교체하고 얼었다 녹기를 반복하며 틈이 갈라진

마당과 벽면도 새로 미장해야 했다. 지난가을 공사를 맡았던 업체에서 이른 아침부터 와주기로 했다. 서울에서 오니까 아마 새벽부터 달려오셨을 것이다.

"네? 아직 물이 안 나온다고요?"

이른 시간 도착한 업체 담당자가 놀란 표정으로 내게 물었다. 물이 안 나오면 집수리가 불가능한데 해빙기기를 미처 가져오지 않았단다. 2주 전 공사 일정을 잡을 때 수도관이 얼어 있다고 분명히 말씀 드렸지만 설마 지금까지 녹지 않았을 거라고는 상상도 못했다는 이유였다. 수도관 녹이는 데에만 꼬박 반나절은 걸릴 테니 오늘 공사는 불가하다는 통보를 받았다. 결국 다음 주중으로 다시 날짜를 잡았다. 나도 속이 터졌지만 먼길을 돌아가야 하는 그들도 허탈할 것이었다.

2021년 2월 24일

집에서는 이틀째 이삿짐 정리를 했다. 공간 구조가 바뀌니 정리 법칙도 바뀌었다. 사 년 만의 이사라 버려야 할 것들도 잔뜩 쌓였다. 놔둘 것, 버릴 것, 옮길 것을 분류하는 데 꼬박 이틀이 걸린 셈이다.

성인이 된 이후 열번째 이사. 이사란 늘 새로운 어딘가로 향하면서 동시에 옛날 어딘가로 나를 데려간다. 물건을 정리하는 과정에서 참 많은 옛날들이 바쁜 손길을 멈춰 세우는 탓이다. 서랍을 정리할 때가 특히 그렇다. 물건을 전부 꺼내놓으면 잃어버린 기억과 잊고 싶은 기억들이 한꺼번에 덮쳐온다. 분명히 남겨둘 이유가 있었을 텐데 아무리 기억을 되감아봐도 떠오르지 않는 물건들이 많았다. 반면 이건 왜 남겨뒀을까 기억을 더듬다보면 불현듯 원치 않는 추억까지 재생되기도 했다. 잃어버린 기억, 잊고 싶은 기억. 모두 나 없는 세상에서 잘 지내고 있을까? 알 길은 없지만 조용히 빌어보았다. 내 서랍보다 큰 세상 속에서 다들 행복하게 살고 있기를.

2021년 2월 25일

새로 얻은 집은 첫서재에서 그리 멀지 않다. 삼십 년 가까이 된 집인데 그동안 한 번도 새로 인테리어를 하지 않은 듯했다. 구하기 어려운 반전세여서 계약 조건도—세입자 입장에서는—다소 불리하게 느껴졌다. 도배도 장판도 새로 해주지 않는 조건이었다. 아무리 그렇대도 안방 유리창문은 깨져서 테이프로 덕지덕지 붙여놓았고 천장에 달린 전등 유리도 서너 개 금이 가 있어 위태롭게 보였다. 세탁실과 화장실 배수관에서는 물이 줄줄 새어나왔다. 방충망도 찢어졌고 빨래 건조대도 망가져 있었다. 팔십 세 가까운 집주인께 수리를 요청하려고 전화하니 '뭐라고? 잘 안 들려'만 반복하셨다. 결국 부동산을 통해 어느 정도 협의를 보았다. 유리창과 배수관 정도는 집주인 측에서 교체해주기로 했다. 철물점과 유리업자분들이 차례로 집을 방문했다. 내 집이면서 내 집이 아닌 곳. 낡은 것을 새것으로 바꾸는 모습에 그래도 마음이 풀어졌다.

2021년 2월 26일

첫서재의 다락방을 정비했다. 물이 나오지 않아도 할 수 있는 유일한 작업이었다. 요와 이불을 사서 침대 위에 덮어두고 나무로 된 천장의 먼지를 깨끗이 털어냈다. 벌레 잡는 끈적이도 천장 틈 곳곳에 끼워두었다. 방명록으로 쓸 수제노트와 맥주캔을 재활용해 만든 작은 스탠드도 고재 테이블에 올려놓았다. 아담한 틸란시아 화분까지 옷걸이에 걸어놓으니 제법 안락한 공간이 얼추 완성됐다. 이곳을 어떤 이들에게 내어줄지는 겨우내 생각해두었다. 3월 초가 되면 그들을 초대하는 편지를 써야지.

2021년 2월 27일

직장에서 함께 일했던 영상편집자 후배의 결혼식 날이다. 덕분에 이사 온 이후 첫 서울 나들이를 했다. 사십 년 가까이 살아온 서울인데 향하는 기분이 생소했다. 결혼식이 끝난 뒤에는 서울에 계신 부모님 댁에 잠시 들렀다. 부모님은 여전히 걱정이 많으시다.

"너 회사 그만둔 거 진짜 아니지?"

"휴직이라니까요. 걱정 마세요."

벌써 세번째 오간 질문과 답이다. 속으로는 죄송스러운 마음으로 되뇌었다. '그만둔 건 아니지만, 훗날 그만두거나 그만두어질 준비를 하고 있는 건지도 몰라요.'

서울의 하늘은 평온했고 날씨는 춘천보다 따스했다.

2021년 2월 28일

'탈서울'을 하고 맞이하는 첫 일요일. 평소와 다름없이 여러 준비로 아침부터 바빴다. 간판을 고르고 메뉴를 정하고 커피 원두를 선정하느라 여기저기서 샘플을 주문했다. 사람들의 '첫 책'에 관한 사연을 담을 '처음 노트'도 수제로 제작을 맡겼다. 별것 하지도 않았는데 어느새 해가 졌다.

2021년 3월 1일

3월의 첫새벽부터 세차게 비가 내렸다. 따스한 날씨에 이게 봄비인가, 3월이니 겨울비는 아니겠지, 싶었는데 착각이었다. 비는 추위를 다시 데려왔고 추위는 눈을 데려왔다. 빗물이 점점 진눈깨비로 굵어질 무렵 첫서재에 일하러 나갔다. 도착할 즈음에는 어느새 설국이었다.

눈 내리는 게 반갑지 않으면 어른이라고 했던가. 적어도 지난달까지 나는 어린아이였나보다. 눈이 오면 귀찮아질 것들보다 마냥 아름다워질 풍경에 더 들떠왔으니까. 그리고 오늘 나는 비로소 어른이 되었다. 며칠 뒤면 공사가 시작되는데 큰일이었다. 창고에서 넉가래를 꺼내놓은 뒤 눈이 그치기만을 기다렸다. 그래도 기다리는 동안에는 한껏 아름다워진 풍경을 사진과 영상으로 담아두었다.

결국 저녁까지 눈은 그치지 않았고 제설작업을 내일로 미뤄야 했다. 내일이면 사다리 타고 지붕에 올라가 눈을 털어내고 마당과 벤치와 집 앞 골목길까지 쓸어내야 한다. 왜 내가 살아오면서 눈을 귀찮아하기보다 아름다워했는지 문득 알 것 같았다. 내가 들뜬 사이 누군가는 귀찮아하며 치워내고 있었겠지.

2021년 3월 2일

아이가 입학하는 날이다. 춘천살이보다, 첫서재보다 중요한 건 휴직하면서 대부분 시간을 아이와 보내는 일이다. 나는 아침 등교 당번이다. 자기 몸집만한 책가방을 멘 아이의 조막손을 잡고 학교 정문에 다다랐다. 혼자 교실로 향하는 뒷모습이 어쩌나 작고 씩씩해 보이던지. 그 순간의 기분은 굳이 글로 기록하지 않아도 될 것 같다. 다 기억해낼 테니까.

오후에는 첫 등교를 마친 아이의 조막손을 다시 잡고 첫서재로 향했다. 제설작업을 하는 동안 아이는 혼자 골목을 누비다가 동네 친구를 찾아냈다. 서재에서 비좁은 골목을 따라 들어가면 오래된 집들이 줄지어 있는데 거기 살고 있던 한 살 어린 녀석이었다. 이름은 현표라고 했다. 두 아이는 어른들이 상상할 수 없는 속도로 친해졌다. 어느새 각자 집에서 각종 도구들을 실어나르더니 해가 지기 전에 기어코 골목길 어귀에 눈 왕국을 창조해냈다.

집으로 돌아가야 할 시간. 두 아이는 못내 아쉬워하며 내일 또 만나자고 약속했다. 그런데 어떻게 만나지? 두 아이는 시계도, 휴대전화도 없었다. 이 난관을 어떻게 헤쳐갈지 가만히 지켜보았다. 결국 둘은 이렇게 약속했다. "내일 이 시간쯤에 여기서 다시 만나자!"

2021년 3월 3일

물이 나왔다!

첫서재의 모든 수도꼭지가 꽁꽁 언 지 두 달 만이다. 마당 밑 깊게 파둔 수도 계량기의 꼭지를 돌리자 땅속 어딘가에서 콸콸콸 물 흐르는 소리가 들려왔다. 귀를 자극하는 쾌감에 춤이라도 추고 싶어졌다. 오늘이 바로 봄이 오는 날이로구나. 어제 미처 끝내지 못한 제설작업도 콧노래를 부르며 서둘러 마무리했다. 어느새 점심이었다.

오후에 가장 큰 과제는 제빙기 정수 필터 교체 작업이었다. 참고 영상을 보니 삼십 초면 끝나는 작업인데 꼬박 두 시간이 걸렸다. 원래 손재주가 없는데다 주요 부품이 파손돼 하나하나 동네 철물점에서 구해와야 했던 탓이다. 아마 숙련된 기술자가 와서 고쳐주었다면 금방 마무리지었을 것이다. 그 출장비를 아꼈다며 비숙련 노동의 시간을 위로했다. 하지만 아직 끝나지 않았다. 내일은 온수기를 교체하는 날이다.

2021년 3월 4일

공사업체 담당자가 다시 첫서재에 왔다. 공사 기간 내내 보던 분이었는데도 어찌나 반갑던지. 여섯 시간의 긴 작업 끝에 겨우내 깨진 화장실 세면대와 샤워실 수도꼭지를 바꿔주고 깨진 변기도 교체해주고 온수기도 용량이 큰 걸로 새로 설치해주었다. 땅 밑 수도관이 깨지진 않았는지 누수탐지도 해주었다. 비용이 많이 들었지만 지금은 누군가에 의해 고칠 수 있다는 것만으로도 감사해야 할 시기다. 오늘만큼은 그가 나의 슈퍼맨이었다.

2021년 3월 5일

밤에 반가운 손님이 찾아온다. 직장에서 친하게 지낸 선배와 후배

둘이 첫서재 다락방에서 하루 자보겠단다. 아무래도 낯선 손님을 받아야 할 공간인데, 아는 사람이 미리 자보면서 불편했던 점이나 보완할 부분을 얘기해주는 게 낫지 않겠냐는 이유였다. 듣고 보니 그럴 것도 같았다. 물론 그건 핑계고 그냥 나랑 술 마시러 와준다는 건 잘 알고 있었다. 그게 더 고마웠다.

두 사람이 도착하기 전까지 공사로 어수선해진 내부를 정리하고 마당을 쓸고 미리 빨아둔 이불 세트를 말렸다. 앞으로 매주 손님을 받을 때마다 해야 할 일이다. 내 이불은 그렇게 빨기 귀찮았는데 손님을 맞는다고 생각하니 혹시 더러운 곳은 없는지 더 세심하게 손길이 갔다.

날이 어두워질 무렵 두 사람이 도착했다. 회사에서 늘 보던 얼굴인데 어찌나 반갑던지. 와인 담은 커피잔 부딪히는 소리에 서재의 밤이 붉게 익었다.

2021년 3월 6일

대량으로 구입한 휴대용 컵과 빨대가 도착했다. 생분해되는 친환경 성분의 제품이었다. 조금 비쌌지만 그 무엇에도 최대한 해를 덜 끼치자는 마음이었다. 오후엔 겨우내 풀어진 손잡이들에 새로 못질을 하고 나무 천장 사이에 묵은 먼지들을 털어내었다. 주의사항과 와이파이 비밀번호를 적어둘 쪽지와 펜도 샀다. 이 모든 게 처음이었기에 효율적으로 일을 처리하지 못하고 매번 우왕좌왕했다. 이 서투름 또한 쌓이겠지, 스스로 위로하면서.

2021년 3월 7일

동파된 기기들을 빠짐없이 점검했다고 생각했는데 이럴 수가. 커피메이커가 그사이 고장이 난 모양이다. 원두를 갈아 추출할 때마다 뜨거운 물이 바닥 아래로 줄줄 새어나왔다. 서비스 센터에 연락해보니 평일은 되어야 고칠 수 있단다. 배송 왔다갔다 하는 데에만 꼬박 일주일이 걸린다고도 한다. 가게 오픈까지 보름 남짓. 결국 다음주에 하루 날을 잡아 서비스 센터가 있는 용인까지 직접 실어나르기로 했다. 첫서재 문을 열기나 열 수는 있는 걸까.

2021년 3월 8일

산적한 과제들을 제쳐두고 밤늦게 편지를 쓰기 시작했다. 서툰 '결'대로 다듬어놓은 이 공간에, 이곳의 결을 닮은 사람들을 초대하는 첫 편지였다.

첫서재의
첫날

처음 첫서재의 문을 여는 일요일 아침. 두어 시간 일찍 도착해 청소를 하고 주방기기들을 점검했다. 첫날부터 누가 와줄지 모르겠으나 그 누군가에게 실망을 안기고 싶지는 않았다. 겨우내 망가진 것들이 워낙 많았기에 작은 기기들을 하나씩 켤 때마다 마음을 졸여야 했다. 오픈 기념 웰컴 쿠키를 카운터 앞에 가지런히 진열하고 아직 추위가 가시지 않은 방마다 난로도 켜두었다. 손톱에 행주를 끼워 유리창 구석구석을 다시 한번 닦아냈다. 앞마당을 쓸고 라일락나무에 괜히 물을 듬뿍 주었다. 두어 시간은 금세 지나갔다.

열한시. 문을 열기로 한 시간이 왔다. 지름이 두 뼘 남짓한 칠판에

노란 분필로 'OPEN'이라고 쓴 뒤 대문 앞 골목에 놓아두었다. 그래도 가게랍시고 세워둔 영성한 입간판이었다. 이거라도 놓아두지 않으면 이 좁은 골목길 서재에 아무도 눈길을 주지 않을 것만 같았다. 이른 아침 잠시 흐렸던 날씨는 어느새 맑아졌지만 머릿속은 혼탁했다. 술도 안 마셨는데 잔뜩 취한 사람처럼 몽롱하고 배가 자주 간지러웠다. 생각해보면 모든 처음은 늘 그랬던 것 같기도 하다. 설렘과 두려움으로 반죽된 섬 위에 둥둥 떠 있는 기분. 침착해지려면 시간이 필요했는데 채 이십 분도 지나지 않아 첫 손님이 찾아와버렸다. 멋스러운 DSLR 카메라를 목에 건 젊은 남성이었다. 활짝 웃으며 맞이했지만 긴장감에 목덜미가 뺏뻣해졌다.

"어서오세요. 저희는 두 시간마다 공간값을 받고 있고요. 음료를 주문하시면 자리로 가져다드려요. 결제는 나가실 때 해주시면 됩니다."

준비한 말을 큰 실수 없이 읊었다. 첫 손님은 굵고 낮은 목소리로 따뜻한 오미자차 한잔을 주문했다. 오미자 효소를 컵에 따르는 나의 두 손가락이 달달거렸다. 황톳빛 찻잔에 음료를 담아 내어드린 뒤 '편한 시간 되세요'라고 꾸벅 인사를 드렸다. 나름대로 고심해서 정해둔 인사말이었다. 그렇게 첫 손님과 탈 없이 조우한 뒤 카운터로 천천히 걸어 돌아왔다. 오래 기억될 순간이었다.

그후로 한 시간에 한두 차례씩 꼬박꼬박 서재의 현관문이 열렸다. 겨우내 글 쓰는 플랫폼과 SNS에 공유서재 짓는 과정을 꾸준히 공유했더니 생각보다 많은 이들이 첫날에 맞춰 찾아주었다. 문제는 나였다. 마음이 좀처럼 정돈되지 못한데다 처음이라 모든 게 서툴러 두 손이 사소한 실수를 반복했다. 컵을 세게 떨어뜨리거나 에스프레소 샷을 잔이 아닌 손등에 붓거나 주문서 글씨를 틀리게 썼다 지웠다. 스스로 커지지도 작아지지도 못하는 풍선처럼 나는 손님 한마디에, 별거 아닌 몸짓에, 주변의 소음에, 주방기기의 미세한 진동에도 지나치게 수축하거나 팽창했다.

몹쓸 긴장을 풀어준 건 뜻밖의 익숙한 얼굴이었다. 오후 두시쯤이었을 것이다. 문이 열리는 소리에 긴장하고 돌아서보니 덩치 큰 중년 남성이 해바라기 한 송이를 들고 활짝 웃고 있었다. 휴직하기 전까지, 그러니까 불과 한두 달 전까지 같은 부서에서 동고동락한 선배 S였다. 나는 뉴스PD로 그는 카메라기자로 일 년 넘도록 함께 전국을 샅샅이 누벼왔다. 가슴 찡한 송별회도 하고 헤어졌건만 개업일이라고 서울에서 춘천까지 찾아와주었던 것이다.

"선배. 말씀이라도 하고 오시지……"

"그냥 와본 거니까 신경쓰지 말고 일 봐. 조용히 책 읽다 갈 거야."

개업일이라고 손님이 꽤 많았기에 선배와는 거의 대화할 기회가 없었다. 아마 누군가를 챙길 정신머리도 없었을 것이다. 그래도 저 낯선 물결 사이에 아는 얼굴이 하나 있다는 안정감은 그가 머물고 있던 시간 내내 나의 마음을 느슨히 풀어주었다. 실내에 머물던 선배는 어느새 자리가 꽉 찬 듯하면 주섬주섬 음료를 챙겨 앞마당 벤치로 자리를 옮겨주었다.

선배가 떠나기 직전 이번에는 대문 밖에서 커플 한 쌍이 들어왔다. 맞을 채비를 하려 몸을 일으키다가 이내 웃음이 번졌다. 대학 새내기 시절부터 만난 이십 년 지기 친구 커플이었다. 언제 가게를 여는지조차 제대로 알려주지 않았던 것 같은데 어떻게 찾아왔을까. 손에는 내가 맛있다고 극찬한 적 있던 스페인 와인 한 병, 직접 짠 수세미 그리고 두루마리 휴지 한 묶음이 들려 있었다. 덥석 선물을 받긴 했지만 역시 얘기 나눌 시간을 따로 낼 수는 없었다. 한 시간가량 머물다 떠나는 두 사람을 배웅하면서 나는 그들의 뒷모습을 한참 동안 바라봤다.

진공의 섬 위에 둥둥 떠 있던 기분이 다시 뭍으로 착, 가라앉기 시작한 건 그 무렵부터였다. 말없이 찾아와준 사람들이 남기고 간 따스한 기운이 마음을 덥혀준 덕분일 것이다. 그들은 나와 몇 마디 얘기 나누지도 못할 것이라는 짐작 속에 멀리 발걸음을 내딛었을 것이다. 아마 미리 말하면 번거롭게 준비하거나 신경쓸까봐 얼굴만 스치듯 보고 떠나는 상황을 기꺼이 감수했을 것이다. 자신보다 타인의 입장을 더 섬세하게 배려하는 사람, 그리고 내게 애정이 있는 사람만이 이런 발걸음을 할 수 있지 않았을까. 그게 아니라면 뜻밖의 반가움과 놀라움을 선물해주고 싶었거나. 어찌 됐든 사랑스럽고 고마운 발길이었다. 그들이 전해주고 떠난 온기가 몸에 감돌면서 나는 비로소 안정을 찾을 수 있었으니까.

어느새 저녁 여섯시가 되었다. 오후 서너시부터는 손님들의 발걸음이 뜸해지더니 해가 질 무렵이 되자 더는 손님이 찾아오지 않았다. 덕분에 몸도 마음도 부산스러웠던 아침과는 달리 차분하게 지는 해를 바라볼 수 있었다. 정서향집이라 해는 세상을 넉넉히 비춘 뒤 자취를 감출 때쯤에야 우리 가게에 찾아든다. 오늘 하루 열아홉 명의 손님이 다녀갔고 아마 앞으로 몇 달 동안은 이보다 더 많은 손님이 올 리는 없을 것 같았다. 그래서인지 첫날 찾아준 손님의 얼굴을 하나하나 더 곱씹어 기억하고 싶어졌다.

고마웠다고, 모두 고마웠다고 중얼거리며 헤엄치듯 보낸 긴 하루의 문을 닫았다. 옛 동네의 밤 냄새가 바람에 실려왔다.

첫다락의
첫 손님

첫서재 문을 여는 두번째 날. 오늘은 첫다락에 손님이 처음 머무는 날이다. 바다에 띄워 보낸 유리병 편지는 꽤 많은 섬에 가닿았나보다. 다락방에 머물고 싶다는 요청이 예상보다 많이 도착했다. 머물려 하는 저마다의 이유를 곱씹어 읽고 초대장을 보낼 누군가를 정하기까지 두 밤이 꼬박 필요했다. 이제 오후가 되고 볕이 여물면 그중 첫 이유가 나무 손잡이를 드르륵 열고 걸어들어올 것이다. 그리고 이번주가 끝날 때까지 우리는 서재의 온도와 공기를 공유할 것이다. 처음을 맞이하는 순간마다 당연하게 밀려오는 감정들이 오전부터 서재의 밑바닥을 채웠다. 오 년 뒤에 돈이 아닌 것들로 숙박비를 받기로 한 의미를 제쳐두고라도 애써 되살린 다락방에서 낯선 이가 처음

잠드는 날이라는 사실이 묘한 긴장을 불러일으켰다.

아침에 서재에 도착하자마자 다락방의 청소 상태부터 재점검했다. 나무로 덮은 낮은 지붕에는 니스칠을 하지 않았기에 조금만 머리를 부딪혀도 부스러기가 바닥에 떨어진다. 청소하기에 까다로웠지만 그래도 손님이 나뭇결과 함께 숨쉬며 잠드는 기분을 느꼈으면 하는 마음에 니스칠을 하지 않고 그대로 두었다. 방바닥 먼지를 다시 훔쳐내고 집기들이 제자리에 있는지 살피고 접어둔 이불을 괜히 다시 갰다.

정오가 지났다. 첫 숙박객이 오기 전에 이메일 편지함을 열고 그가 보내온 숙박요청서를 다시 읽어내렸다.

'대학 때 미술을 전공하고 그 이후에는 다양한 분야를 걷다가 이 년 전 큰 실패를 겪었습니다. 최근까지도 온전히 아픈 시간을 보냈지요. 어느새 나이는 마흔이 됐습니다. 다시 처음이라는 마음과 생각으로 새로운 시작의 걸음을 떼고 싶습니다. 첫다락에서 계획을 구체화하고 영감도 얻고 저 스스로에게 용기를 주고 싶어요. 그리고 제가 생각하는 이상적인 공간을 열기까지의 여정과 그 완성을 경험해보고 싶어요.'

이름 모를 누군가에게 초대장을 흩뿌린 뒤 도착한 첫 답장이었다. 뭐든 처음은 하늘이 내린 인연이라 믿기에 무조건 처음 요청서를 보내준 분을 반드시 첫 손님으로 모시자고 마음먹고 있었다. 이메일을 읽고 링크로 보내준 개인 블로그의 글들을 훑으며 어떤 사람일지 퍼즐 조각을 맞추어나갔다. 그러는 사이 오후 세시가 되었다. 앞마당 인기척에 고개를 돌리니, 한 여성이 제 몸집만한 캐리어를 끌고 서재의 유리문을 열고 있었다.

"안녕하세요, 오늘 첫다락에 묵기로 한……"

"J님이시죠? 먼길 오느라 고생하셨어요."

세 번쯤 연습한 대답이었다. 오늘 날씨와 오는 여정에 관한 이야기를 몇 차례 더 물었던 것 같지만 정확히 기억나진 않는다. 그저 내가 목소리를 가다듬으려 헛기침을 몇 차례 했다는 정도만 기억에 또렷하다. J가 잠시 테이블에 앉은 사이 얼른 메모장을 꺼내들었다. 첫다락 손님이 오면 해야 할 것과 알려드려야 할 것들을 빼곡히 적어둔 메모장이었다. 웰컴 음료와 열쇠뭉치를 건네드리며 안내사항을 읊어나갔다.

"지금 드린 두 개의 열쇠 중 하나는 현관문, 다른 하나는 다락방 열쇠입니다. 대문은 키가 낮아서 굳이 열쇠 없이도 여닫을 수 있어요."

현관문 앞에서 설명을 마친 뒤 서재 카운터 오른편으로 와 책장을 옆으로 드르륵 밀었다. 책장 뒤에 숨은 비밀 다락방을 공개하는 순간이었다. 짧은 탄식이 뒤에서 들려왔다. 열쇠로 문을 열고 나무 계단을 고불고불 타고 올랐다.

"보시다시피 다락이라 천장이 낮아요. 머리 부딪히는 걸 조심하셔야 해요. 수건과 생활용품은 저 바구니에 담아났습니다. 추울 때는 방바닥 보일러를 틀면 금방 따뜻해질 거예요."

다락방 소개를 끝내고 다시 카운터로 내려와 마지막 설명을 이어 갔다.

"밤 열시부터 아침 열시까지는 오로지 J님만의 시간입니다. 그 시간 외에는 다른 손님들이나 저와 함께 서재를 공유하시는 거예요."

할일을 끝냈다. J는 꾸벅 인사하고 짐을 들고 다락방으로 올라갔다. 문이 잠기는 둔탁한 소리가 벽 너머로 들려왔다.

그후로 나흘이 저벅저벅 흘렀다. 그 사이 J는 서재에서 공기처럼 머물렀다. 우린 아침 청소를 할 때 간단한 인사를 나눴고 저녁에 문을 닫을 때 서로 밤의 안녕을 빌었다. 그뿐이었다. J는 낮에도 더러 서재를 이용했다. 다른 손님들과 마찬가지로 공간값을 내고 서재 테이블에 앉아 책을 읽고 종이에 빼곡 무언가를 쓰면서 시간을 보냈다. 우린 같은 공간에 함께 있으면서도 각자 있었다. 가끔 화장실이 지나치게 깨끗이 닦여 있을 때 그의 수줍은 배려를 감지할 뿐이었다.

그렇게 시간이 물처럼 흘러 나흘째 날, 처음으로 그와 인터뷰하기로 한 시간이 다가왔다. 첫다락 손님들에게 초대장을 보낼 때 미리 대화 혹은 인터뷰를 하고 싶은지 여쭈어두었다. 조용히 머물고 싶다는 분에게는 최대한 혼자 머무는 느낌을 지켜드리고자 했고 인터뷰를 허락한 분과는 잠시라도 알아가는 시간을 갖고 싶었다. J는 인터뷰 요청에 응했다. 서재의 손님들이 다 떠난 밤, 우리는 노란 등불과 찻잔 두 개를 사이에 두고 마주앉았다.

"형식적인 인터뷰는 아니에요. 왜 여기 오셨는지 궁금하기도 하고 그저 얘기를 나눠보고 싶어서요."

"저도 며칠째 혼자 있으니 얘기할 사람이 필요했어요."

형식적이지 않을 거라는 형식적인 인사와 괜한 덕담이 몇 차례 오간 뒤 대화는 시작되었다. 시계 없는 방에서 시간을 닫고 우리 둘은 서로의 지금과 지난날을 천천히 꺼냈다. 밤이 여물고 찻잔이 다 식었을 무렵 나는 조심스레 물었다.

"이메일을 보내주실 때 최근에 온전히 아픈 시간을 겪었다고 하셨지요?"

"그랬지요. 뭐랄까…… 이십구 년 전 기억이 저를 삼켰던 것 같아요."

J의 목젖을 응시했다. 부담스럽게 쳐다보지도 눈길을 피하지도 않

는 나만의 방식이었다. J는 침착하게 말을 이어갔다.

"다섯 살 때였어요. 갑자기 아버지와 어머니가 사라졌어요. 뒤늦게 알게 되었지만 이혼한 뒤 어머니는 어디론가 떠나고 아버지는 공부하러 미국행 비행기를 탔대요."

"부모님 두 분 다요? 그럼 누구 손에 자랐나요?"

"다행히 할머니가 저를 키워주셨어요. 그렇게 몇 년이 지나고 열한 살 무렵 다시 아버지를 만났어요. 그런데 아버지 옆에는 엄마가 아닌 다른 사람이 있었어요. 아버지는 재혼을 한다고 했어요. 아버지와 새엄마의 결혼식 날, 할머니는 저를 불러놓고 아빠에게 아는 척하지 말라고 거듭 당부했어요. 애 있는 남자와 결혼한다는 사실을 새어머니가 자신의 친척들에게 알리고 싶어하지 않는댔어요."

마음이 쿵, 내려앉았다. 지근거리에서 말하고 있는 J의 표정이 섬세하게 읽혔기 때문이다.

"그렇게 결혼식장에 도착했는데 멀리서 턱시도를 차려입은 아빠를 보게 됐어요. 우리 아빠가 저렇게 멋있었나 싶더라고요. 반가운 마음에 저도 모르게 '아빠!' 하고 외쳐버렸지요. 그 순간 같이 있던 삼촌이 제 입을 틀어막았어요. 저 스스로도 제 입을 움켜쥐었고요. 그러고는 아빠와 서로 눈빛을 어색하게 외면했어요. 저는 하객이 되어 멀리 떨어진 자리에서 끝까지 결혼식을 지켜봤어요. 그게 이십구 년 전의 일이에요."

우리는 좁은 서재 방 한 칸에서 이야기를 나누고 있었지만 마치 깊고 어두운 시공간에 묻힌 기분을 느꼈다. J는 말을 이어갔다.

"지난달 외할머니가 돌아가셨어요. 새엄마의 엄마니까 사실 저와는 피 한 방울 섞이지도 거의 마주친 적도 없는 분이에요. 그래도 가족의 도리를 다하고 싶어 상주의 마음으로 장례식장을 지켰어요. 하지만 외가 친척들 사이에서 섬처럼 둥둥 떠 있었을 뿐이었지요. 엄마도 사람들에게 저를 누구라고 소개할지 복잡했을 거예요. 이 장례식장에서 누군가는 제 존재를 알고 누군가는 모를 것이었죠. 그걸 추정하고 있자니 불안해지고 마음이 울렁이기 시작했어요. 그러면서 이십구 년 전 기억이 다시 덮친 거죠."

이십구 년을 사이에 두고 치른 두 번의 큰 가족행사에서 철저히 비존재가 되었던 경험. 그 긴 시간의 틈에서 어떻게든 존재를 증명하려 살아온 이야기를 J는 하나씩 꺼내놓았다. 어느새 자정이 지났다.

앞으로 어떻게 살고 싶냐는 질문에 J는 '지금 당장은 아니어도 언젠가는 물성이 있는 삶을 살아가고 싶다'고 대답했다. 책이 있는 공간이나 작은 작업실을 차려 그 안에서 자신은 작품을 만들고 때로는 공부하며 삶을 만지듯 살아가는 게 꿈이라고 했다. 그에게 오 년 뒤에 숙박비로 무얼 낼 건지 문득 되묻고 싶어졌지만 이내 생각을 거두었다. 누군가의 잠재력을 받고 현재의 공간을 내어주려는 목적이었는데 그 '잠재력'이란 말조차 무례한 강요 같았다. 그렇게 첫다락 첫손님과의 대화가 끝났다.

집으로 돌아오는 길은 꽤 길었다. 시냇가를 따라 졸졸 걷기만 하면 되지만 거리는 퍽 멀었다. 밤공기가 차가워 더 그렇게 느꼈을 것이다. 까만 도화지가 된 밤하늘에 오늘 나누었던 대화의 몇 장면들을 그려봤다. 아마도 매주 이맘때마다 나는 다른 그림을 그리고 있겠지. 짧은 몇 시간에 다 소화하기는 벅찼던 J의 서사를 삽화처럼 그렸다가 지우고, 지난 이십구 년간 나는 살아내려고 악착같이 무얼 해봤던가 불현듯 돌이켜보다가 얼른 밤의 도화지를 접었다. 이틀 뒤 J는 짧은 편지와 펜화 몇 점을 남기고 첫다락을 떠났다.

첫서재의
첫 일주일을
채운 소리

'아이스 카페라테가 너무 연하다'는 소리에 가슴이 철렁 내려앉았다. 서재 문을 연 지 얼마 됐다고 벌써 두번째 들은 말이다. 개업 첫날 한 번 그리고 며칠 뒤. 죄송한 마음에 음료를 바꿔드려도 마음이 편치 않다. '카페가 아닌 나의 서재에 온 만큼 음료 맛은 그냥 양해해달라'고 일일이 말할 수도 없는 노릇이었다. 무엇보다 최선의 대접을 하고 싶었다.

그날 저녁엔 가게 문을 닫고 아이스 카페라테만 종류별로 다섯 잔을 들이키며 맛을 비교했다. 원두를 바꿔보고 우유를 바꿔보고 커피의 양을 조절해보다가 겨우 범인을 잡아냈다. 제빙기 얼음이었다.

우리 가게는 가정용 소형 제빙기를 쓴다. 원래는 업소용 제빙기를 먼저 샀는데 너무 시끄러워 아담한 공간에서는 도저히 계속 켜놓을 수가 없기에 추가로 장만했다. 그런데 거기서 나오는 얼음이 우유에 닿자마자 녹아버려서 카페라테에서 물맛이 나는 거다. 업소용 제빙기의 단단한 얼음과는 확연히 맛이 달랐다. 그렇다면 소음을 감수하고 업소용을 계속 켜놓아야 하나. 그러기엔 명색이 공유서재인데 온종일 세탁기 돌아가는 듯한 소리가 진동할지도 모른다. 결국 미니 냉동고를 하나 또 사서 제빙된 얼음을 더 단단히 얼려보기로 했다. 이 비좁은 주방에 냉동기기만 세 개라니.

오후 네시 무렵이면 한적한 시간이 찾아온다. 주변에 가게 하나 없는 옛 동네라 사람 발걸음 소리조차 거의 들리지 않는다. 가장 평화로워야 할 시간에 '윙~' 하는 소리가 점점 커지더니 가게 안으로 왕벌 두 마리가 날아들었다. 개업 축하 꽃다발 냄새를 맡았나보다. 날씨가 포근해 문을 활짝 열어둔 게 화근이었다. '너도 축하해주러 왔구나'라며 반갑게 맞이해주⋯⋯기는 무슨. 앉아계신 손님들 놀랄까봐 벌떡 일어났다. 벌이나 벌레 따위는 어릴 적부터 가뿐히 잡아온 사람인 척 주문서 노트를 획획 휘둘렀다. 속으로는 쏘여도 죽지는 않게만 해달라며 기도했다. 이런 내가 딱했는지 관대한 벌들께서 알아서 나가주었다. 벌에게 고맙다고 더듬이 통신을 보내며 구비 목록에

에프킬라를 추가로 적어뒀다.

　동네 손님 두 분의 대화 소리에도 가슴을 졸였다. 호탕하게 웃으며 큰 목소리로 말씀을 나누시는데 나야 괜찮지만 반대쪽 방에서 혼자 책 읽고 계신 손님에게 방해가 될까 조마조마했다. '책 읽고 사색하는 공유서재 겸 북카페이니 담소는 조용히 나눠달라'고 카운터에 떡 하니 써두었건만. 가서 정중하게 부탁드려볼까? 아니면 혼자 오신 손님께 가서 혹시 좀 시끄럽지 않으시냐고 먼저 물어봐야 하나? 머뭇거리는 시간이 길어졌지만 해결되는 건 없었다. 다행인지 얼마 안 가 두 분이 나가셨다. 알고 보니 근처 육림고개에서 가게 하는 분들이시란다. 말씀 안 드리길 잘했다. 하마터면 어색한 이웃 사이 될 뻔했네.

　첫서재 문을 연 지 일주일. 온갖 소리들이 귀를 어지럽힌다. 몸은 늘 카운터에 매여 있고 시선도 고정돼 있다보니 비교적 자유로운 청각이 활성하는 모양이다. 대개는 내가 서툴러서 듣게 되는 소리가 많다. 음료 만드는 기기를 제대로 못 다뤄서 나는 소리, 급하게 설거지하느라 컵끼리 요란하게 부딪히는 소리가 그렇다. 한편으로는 차분한 공간을 운영하다보니 일상의 소리마저 소음으로 인식되기도 한다. 옆집 보일러에 기름 넣어주러 온 급유차 엔진 소리는 어찌나 우렁차던지. 기름을 무슨 드릴로 땅 파서 넣나, 게다가 참기름 짜듯이 이렇게 천천히 넣나 싶다. 손님들 뒤통수만 살피며 얼굴 표정이 일그러지지 않으셨기를 기원한다. 이런저런 소리에 둘러싸여 하루를 보내고 나면 온갖 환청이 잠자리까지 따라와 웅웅거리며 시비를 건다. 눈을 감아도 귀가 열린 채로 잠이 드는 나날이다.

학교폭력이 지금에 비해 흔했던 학창시절, 선배한테 이유도 모른 채 얻어맞는 바람에 한쪽 귀가 살짝 어두워졌는데 지금껏 회복되지 않고 있다. 게다가 등하교를 거쳐 출퇴근까지 삼십 년 가까이 이어폰을 꽂고 다녔다. 청각이 약해질 대로 약해진 덕분에 소리에는 둔감하게 살아온 편이었다. 여행지에서 누가 옆에서 코를 골아도 잘 자고 층간소음 때문에 예민해진 적도 드물다. 잘 안 들리는 것도 나름 대로 괜찮다고 여기며 지냈는데, 지난 일주일은 처음 겪어보는 소리들을 허겁지겁 줍느라 혼미하게 흘러갔다. 낯선 소리들에 완벽히 포획된 나날들. 내게 달린 두 귀도 게으르게 기능하다가 갑자기 민감해지느라 고생이 많았을 거다. 그래도 주인 잘되게 해보겠다고 안 쓰던 감각까지 동원해가며 열심히 일해준 것 아닌가.

그렇다고 마냥 속상한 소리만 들은 것은 아니다. 처음 서재지기로 살기 시작한 지난 일주일. 여태껏 살다 처음 들어본 소리가 잠든 세계를 깨우기도 했고 그동안 무심코 지나쳤던 소리도 귀중하게 들리기 시작했다. 수습사원처럼 바짝 얼어 있는 서재지기의 마음을 이따금 녹여준 고마운 소리들이었다. 이를테면 아침 청소를 하다가 문득 소형 제빙기에서 툭, 하고 첫 얼음이 떨어지는 소리. 정오 무렵이면 어김없이 라일락나무로 찾아오는 참새들의 지저귐. 장독대에 심어놓은 미선나무에 나비가 날아들면 그걸 창문 바깥으로 바라보던 어린 손님이 내뱉는 맑은 탄성 소리. 아무도 오지 않는 고요한 오후에야 육십 년 된 나무 천장이 조용히 숨을 쉬며 뱉어내는 바스락거림. 바쁜 틈새에 잠시 의자에 앉아 탄산수를 꺼내 마실 때 '치익-' 하고 기포가 일어나는 소리. 그걸 한 모금 들이켰을 때 혀 안에서 이는 차가운 파닥임.

무엇보다 이곳까지 찾아온 귀한 손님이 멀리서 왔다고 말하며 활짝 웃는 소리. 그 손님이 읽을거리를 고를 때 책의 두툼한 모서리가 나무 책장에 둑둑 내려앉는 소리. 그리고 가게 어딘가에서 책장이 넘겨질 때마다 들려오는 종이의 여린 마찰음. 아마도 책이 있는 공간을 운영하기에 주워담을 수 있는 특권 같은 소리일 것이다.

그리고 하나 더. 첫서재의 배경음악 소리. 아껴 고른 음악이 온종일 귀를 만지는 하루야말로 미운 소리들을 다 삼키고도 남는 배부른 행복이다.

첫서재를 그려봤는데
조금 엉성하네요

다락방 손님 B가 머물기로 한 날이었다. B는 저녁 늦게 도착했다. 공간을 짤막이 소개하고 주의사항을 일러준 뒤 열쇠를 내어드렸다. 표정이 약간 지쳐 보이기도 무심해 보이기도 했다. '되도록이면 조용히 머물다 가고 싶다'는 B의 메시지를 미리 받은 터였다. 그의 눈에 띄지 않도록, 우리가 서로 닿지 않도록 최대한 애썼다.

다만 생일은 챙겨주고 싶었다. 첫다락 예약 신청 메일에 B가 '생일을 맞아'라는 말을 써놓았기 때문이다. 퇴근할 무렵, 조각 케이크와 손바닥만한 선물을 준비한 뒤 다락방에 있는 B를 잠시 불러냈다. 전달자는 옆에 있던 여덟 살 아들 녀석이었다. B는 짐짓 놀라며 고맙다고 인사했다. 미소를 띠었던 것 같지만 마스크 탓에 잘 보이지 않았다. 그후로는 서로 대화가 오가지 않았다. 아침에 가게 문을 열 때 잠시 마주치는 B의 표정은 늘 조심스럽고 무거워 보였다. 불편한 게 있는 걸까. 숙박비를 오 년 뒤에 받는다는 이유로 그 불편을 말하지 못하고 참고 있는 걸까. 조마조마했지만 확인할 길이 없었다.

사흘을 머문 뒤 B는 떠났다. 배웅하는 순간까지 활짝 웃는 B를 보지 못했다. B가 웃어줄 의무는 없지만 혹시 그게 내 탓일까봐 걱정이 됐다. 다음날, 이불을 걷고 청소를 하러 다락방에 올라갔다. 올라가자마자 탁자에 놓인 방명록 노트부터 서둘러 펼쳤다. 혹시 불편한 마음이 있었다면 거기에라도 솔직하게 꺼내놓아주었기를.

낯선 곳에서 홀로 생일을 맞이하는 게 처음이라 '많이 외로우면 어떡하지?' 하고 걱정했는데 생각지도 못한 선물도 주시고 너무 따뜻하게 맞이해주셔서 잊지 못할 단 하나뿐인 특별한 생일이 되었네요. 이 공간에 혼자 있어도 공간 속 소품 하나하나에 정성이 느껴져서 전혀 외롭지 않고 따뜻하고 포근한 느낌을 받았어요 (……) 작은 보답으로 첫서재를 그려봤는데 조금 엉성하네요. 오 년 뒤에 더 멋있는 것으로 보답하겠습니다!

불편은커녕 온통 따사로운 글과 함께 펜으로 그린 다섯 장의 그림이 놓여 있었다. 서재의 풍경과 작은 소품들을 세심하게 스케치한 그림이었다. 그제야 비로소 모든 걱정이 사라졌다. 청소를 마친 뒤 그림 속 사물 곁에 B가 남기고 간 그림을 한 장씩 붙여두었다. B가 한 번이라도 다시 찾아주기를 느슨하게 기원하면서.

저 여기 오려고
춘천 왔어요

서재의 문은 오전 열한시에 열지만 나는 한 시간 전쯤 도착해 커피 머신과 제빙기 전원을 켜는 일로 아침을 시작한다. 빗자루로 먼지를 쓸어담은 뒤 대걸레로 바닥을 한 차례 더 닦아내고 마른 수건으로 테이블을 훔친다. 헝겊에 워셔액을 조금 묻혀 유리창을 닦은 뒤에는 화단에 물을 준다. 실내 화분은 따로 조그만 물뿌리개로 분무를 해준다. 다락방에 북스테이 손님이 오시는 날이면 닦아야 할 바닥이 늘어난다. 가습기 물도 채워넣고 빨아놓은 이불과 수건도 개고 쓰레기 봉투도 갈아놓는다. 화장실 변기와 세면대 물때를 닦아내고 입간판을 마당 앞으로 옮기면 준비가 끝난다. 오디오 전원을 켜고 오픈을 알리는 음악을 재생한다. 오늘은 '어떤 날'의 〈출발〉이다.

첫서재 문을 연 지 삼 주 남짓. 평일에는 오후 한두시쯤이면 첫 손님의 얼굴을 마주친다. 늦은 다섯시가 넘으면 새 손님이 거의 찾지 않는 편이다. 그 서너 시간 사이 몇몇 발걸음이 이 외진 골목의 소담한 가게에 귀한 자국을 남긴다. 주말에는 일부러 찾아와주신 여행객들로 조금 더 분주하지만 고작 다섯 개 있는 테이블이 가득찬 적은 이제껏 단 한 번도 없었다. 카페로 흥해보려 만든 가게가 아니기에 지금 이 정도 손님이 오시는 건 나에게 가장 적절한 행복감을 안겨준다. 충분히 읽고 쓰면서 가끔 찾아주는 손님들 덕에 외롭지 않을 수 있다. 전기요금 수도요금도 소소하게 벌면서.

이틀 내내 내린 비가 대지를 맑게 씻긴 아침. 볕이 좋아 오랜만에 가게 문을 활짝 열어두고 하루를 시작했다. 정오까진 거의 손님 오는 일이 없기에 음악도 크게 틀어두고 편한 자세로 늘어져 있었다. 열린 문 사이로 바람이 갓 피기 시작한 라일락 향기를 실어왔다. '어제보다 상쾌한 출발이야.' 속으로 중얼거렸다. 정오가 지날 무렵엔 앞마당 라일락나무에 어김없이 참새들이 떼지어 날아들었다. 매일의 시작을 알리는 첫 손님이자 단골이다. 오후 한시가 지날 즈음부터는 자세를 고쳐 앉고 오늘의 첫 '사람 손님' 맞이 채비를 했다. 문을 연 지 한 달도 채 되지 않았지만 일주일에 두어 차례 꼬박꼬박 찾아주는 단골도 한두 분 생겼다. 가끔 이웃 주민이 이 동네에 하나밖에 없는 가게 잘돼야 한다며 테이크아웃을 해가시기도 한다. 늘 이맘때였다.

하지만 오늘따라 단골손님도 동네 주민도 볼 수 없었다. 처음에는 쏟아지는 볕을 만끽하며 맘 편히 글을 끄적였다. 그러다 문득 시계를 보니 세시였다. 그 무렵부터는 '손님이 한 분 왔으면 좋겠다'는 생각이 들기 시작했다. 오늘 하루 출퇴근 교통비와 점심값―그래봤자 이천 원짜리 선식으로 때웠지만―정도는 벌고 가면 좋을 테니까. 꼭 그게 아니라도 아침부터 부지런히 청소한 바닥에 신발 자국이 하나쯤은 묻어 있어야 내일 그걸 닦아내는 맛도 날 테니까. 다 떠나서 온종일 혼자 있으면…… 음……

이런저런 이유를 곱씹고 있다보니 정말 커플로 보이는 손님 두 분이 대문 앞에 나타났다. 참 신기하기도 하지. 얼른 자리에서 일어나 손님 맞을 채비를 했다. 사실 채비라고 해봤자 두 손 공손히 모으고 서서 기다리는 것뿐이다. 마음만 분주할 뿐. 두 손님은 가게 간판 앞에서 한참 사진을 찍었다. '우리 서재의 나무 간판이 예쁘긴 한가보다.' 나름대로 흡족해하는 사이 두 분은 마당 안으로 들어왔다. 우리 가게의 마스코트인 라일락나무 앞에서 서로 돌아가며 사진을 찍어주었다. 꽃이 갓 피기 시작한 나무가 제 역할을 하는구나 싶은 순간, 두 분은 나와 살짝 눈이 마주치더니 휙 하고 돌아서 나가버렸다.

익숙한 장면이다. 매일 한두 분씩은 이렇게 사진만 찍고 돌아가신다. 가끔은 지나가다 신기해서 들렀다며 한 바퀴 둘러보고 나가는 분들도 계신다. '너무 예뻐요. 다음에 올게요'라고 웃으며 말씀하시는데 마음이 쓰리지만은 않다. 그래도 찍힐 만한 풍경, 둘러볼 만한 공간이구나 싶어서. 돌아서는 등허리를 바라보는 주인장의 눈매는 아직 매서워지지 않았다.

오후 세시 반. 묵직한 발걸음 소리가 멀리서 들려왔다. 사람 구경하기 힘든 골목이기에 발소리도 제법 선명하다. 속도를 측정하기도 쉬운데 걸음 주기가 이렇게 빠른 걸 보면 손님은 확실히 아니다. 아니나다를까 택배기사님이 바쁜 걸음으로 다가와 택배 상자를 툭 놓고 가셨다. 알라딘에서 주문한 중고 그림책 두 권이었다. 상자 테이프 뜯는 소리가 가게 안에 쩌렁쩌렁 울려퍼졌다. 손님이 계시면 가위로 조용히, 안 계시면 손으로 쭉쭉 테이프를 찢는다.

오후 네시 반. 이쯤이면 더는 손님이 찾지 않는 시간이다. 참새 손님, 사진 손님, 택배 손님으로 오늘 영업은 마무리되려나보았다. 그래도 하루에 서너 분은 꼭 와주었는데 오늘은 좀 특별한 날이었다고 웃어넘기며 설거지를 시작했다. 점심에 내가 마신 홍차 잔 하나가 덩그러니 싱크대에 놓여 있었다. 이것만 안 마셨어도 오늘 손에 물 한 방울 안 묻힐 수 있었는데! 하루에 몇 번은 웃어야 건강에 좋다니 스스로 웃겨보면서 평소보다 물을 시원하게 틀어놓고 설거지를 시작했다. 얼마가 지났을까. 뒤에서 인기척이 느껴졌다. 돌아보니 낯선 손님 한 분이 말똥말똥 서 계셨다. 설거지하던 손을 마른행주로 허겁지겁 닦아냈다.

"어서 오세요. 여기 써놓은 이용 방법 읽어보시고요. 음료 주문해주시면 자리로 가져다드릴게요."

이제는 제법 익숙해진 인사말을 건넸다. 체온 측정과 QR코드 체크까지 능숙하게 마쳤다. 음료 메뉴판을 한참 쳐다보던 손님은 'SIGNATURE' 표시가 되어 있는 수제 오미자차를 주문했다. 그러고는 머뭇거리다 말을 꺼냈다.

"저, 편지 쓰고 가도 돼요?"

띄워보낸 '첫, 편지' 초대장을 읽고 오셨나보다. 누군가에게 손편지를 쓰고 가면 공간값을 받지 않겠다고 한 그 초대장. 서재 문을 열고 삼 주간 네 통의 편지가 쌓였고 오늘의 유일한 손님이 다섯번째 편지를 남기려는 모양이었다.

"그럼요."

웃으며 말씀드린 뒤 오미자차와 함께 편지지와 봉투를 자리로 가져다드렸다. 손님은 머쓱한 표정으로 호두정과 한 개를 더 주문했다. 나무그릇에 호두정과와 휴지 두 장을 담아내어 드리고 카운터에 돌아와 앉았다. 때마침 주기적으로 돌아가는 냉장고 모터 소리가 툭 하고 꺼졌다. 완벽한 적막의 시간이다. 읽는 데 방해될까 얼른 카페 음악 볼륨을 두 칸 줄였다. 한 분의 손님이 있을 때는 수시로 오디오 크기를 조절하게 된다. 음악마다 녹음 상태가 달라 음량이 미세하게 작아졌다 커졌다 하는데 워낙 작은 가게다보니 조금만 차이가 나도 손님의 읽는 흐름이 깨질 것만 같아서. 최대한 자연스럽게 줄여야 하기에 다음 음악으로 넘어가는 찰나 혹은 간주가 시작되기 전 음악이 잠시 끊기는 순간을 놓치면 안 된다.

오늘의 유일한 손님은 한 시간 남짓 가게에 머물렀다. 어느 순간 펜 끄적이는 소리가 닥닥 들려오다 멈추더니 드르륵 의자 끌리는 소리가 이어졌다. 카운터로 나온 손님의 왼손에는 두툼히 접힌 편지봉투가 들려 있었다.

"편지는 앞마당 편지함에 넣어주시면 되고요. 편지 쓰셨으니까 공간값은 안 받고 호두정과 값만 받겠습니다. 이천오백 원입니다."

손님은 꾸벅 인사를 한 뒤 밖으로 나가다가 마당에서 잠깐 발걸음을 멈추었다. 그러고는 돌아서서 물어보았다.

"이 나무는 이름이 뭐예요?"

"라일락나무예요. 마침 꽃이 막 피기 시작했어요."

대답을 듣더니 손님은 마스크를 벗고 숨을 깊게 들이마셨다. 바람이 싣고 온 향기를 콧등에 얹히려는 듯. 그러더니 다시 돌아보며 말했다.

"저 여기 오려고 춘천 왔어요."

"아, 정말요? 어떻게 알고 오셨나요?"

"정확히 기억 안 나는데 이런 데가 생긴다는 걸 알고 나서 문 열면 꼭 한번 와봐야지 생각했어요."

손님이 떠나고, 오늘 하루도 떠나고, 편지만 남았다. 문을 닫을 시간이었다. 신용카드 단말기의 정산 버튼을 누르려다 관두었다. 호두정과 한 개. 정산보다 기억이 빠른 게 당연했다. 아무도 커피를 마시지 않은 까닭에 커피머신을 썼을 필요도 없었다. 손님이 유일하게 머물렀던 글책방 창가 자리를 마른 수건으로 훔쳐내고, 누가 썼는지 분명한 화장실 휴지통을 비워내고, 세면대 주변 물 몇 방울을 닦아냈다. 테이블마다 켜두었던 스탠드 조명을 끄고, 온수기 온도를 낮추고 제빙기 얼음을 여섯 번 퍼내서 냉동고로 옮겼다. 물통도 차례로 비웠다. 마지막으로 오디오 오프 버튼을 눌렀다. 적막이 찾아왔다.

어둑해진 퇴근길. 대문을 걸어잠그고는 편지함에 든 편지를 꺼내 들고 집까지 걸어갔다. 졸졸 흐르는 시냇물 소리를 배경음악 삼아, 늘어선 가로등을 조명 삼아 편지를 읽으며 걸었다. 밤 산책이나 운동하러 나온 동네 사람들 사이로 느린 걸음으로 연필의 활자를 읽어내렸다. 나한테 쓴 편지도 아닌데 마지막 두 문장에 두서없이 눈물이 고였다. 오늘 유일했던 손님의 진심. 이토록 어린 분이라면 짐작건대 아까 호두정과도 미안해서 괜히 드신 걸 거다. 손님의 첫인상, 인사말, 발걸음 소리를 어렴풋이 되새겨봤다. 얼굴을 잘 기억하지 못하는 편이라 다시 오신다고 해도 알아보기 쉽진 않을 터이다. 다만 어떤 낯익은 기운이 느껴지기만 바랄 뿐이었다.

몇천 원 대신 건네받은 한 장의 편지에 값진 하루의 문이 닫혔다. 노곤해진 다리를 주무르며 빈 소파에 철퍼덕 누워 웅얼거렸다. '첫서재 하길 잘했어. 그래도 내일은 손님이 조금은 더 왔으면 좋겠어.'

옛 집주인이
찾아왔다

활짝 핀 앞마당 라일락꽃이 냄새를 잃지 않았을 무렵이었다. 오전 일찍 첫손님이 왔다. 아침과 손님은 우리 가게에서 어울리지 않는 조합이다. 평일에는 대개 낮 한시가 넘어서야 첫 손님이 온다. 그러다 보니 'open' 간판을 내걸고도 늑장 부리며 게으른 청소를 이어가곤 하는데 마침 이른 시간에 누군가 발을 들인 거다. 동네 마실을 나오신 듯한 수수한 차림새의 중년 여성이었다.

"어서 오세요, 머물다 가시나요?"

손에 들고 있던 물걸레를 부랴부랴 내던진 뒤 인사를 드렸다. 잠시 망설이던 손님은 이내 '그냥 테이크아웃 해갈게요'라고 했다. 청소도 끝나지 않은 가게라 어수선해 보여 그랬을까. 조금 더 부지런히 움직일걸. 아무래도 카페라기보다는 공유서재이다보니 머물고 가셨으면 하는 마음이 늘 한 뼘 더 앞선다. 손님은 따뜻한 아메리카노를 주문한 뒤 물었다. "잠시 둘러봐도 돼요?"

당연하지요, 음료 준비하는 동안 천천히 둘러보세요, 라고 말했지만 따뜻한 아메리카노는 우리 가게에서 가장 빠르게 만들어지는 음료다. 금세 추출되어버린 커피를 손에 들고 카운터에서 잠시 기다리기로 했다. 벽 건너 그림책방에서는 손님의 느린 발걸음 소리가 또각또각, 거리다 멈추다를 반복했다. 바닥이 전하는 소리에 귀를 대고 마음속으로 일 분을 세었다. 58, 59, 유우우우욱십. 손님이 계신 곳으로 다가갔다. 천장 서까래를 향해 있던 손님의 시선이 천천히 내려와 내게 닿았다.

"여기 문 연 지는 얼마나 됐나요?"

나직한 말투가 벽 건너 들려오던 발걸음 소리를 닮았다고 잠깐 생각했다.

"저희 한 달 조금 넘었어요. 여기 동네 분이세요?"

"저, 여기……"

그녀의 미간이 잠시 주름지다 펴졌다. 어떻게 표현해야 할지 고민이었던 모양이다.

"저, 이 집 며느리였어요."

폐가를 고쳐 만든 우리 가게도 폐가이기 전까지는 누군가 살았을 것이다. 이 집을 살 때 그 누군가의 아드님을 만난 적이 있다. 그분 부모님께서 몇 년 전까지 이곳에서 살다 차례로 돌아가셨다고 전해 들었다. 그뒤로는 딱히 어찌하지 못해 방치해두었다고. 그러니까 지금 내 앞의 손님은 그분의 아내이자 이 집 옛 주인의 며느리다.

"안녕하세요? 안 그래도 저희가 가게 문 열고 한번 모시려고 했어요. 갓 시작하는 단계라 정신이 없어서 연락이 늦었네요."

겉치레 같은 인사였지만 지난겨울부터 푹 익힌 진심이었다. 날이 풀리는 5월이면 꼭 이 집의 옛 주인 내외를 모시려 했다. 성성껏 고쳤다고 자랑하고픈 분들이었고 한편으로는 칭찬받고도 싶었다. 집의 역사와 뒤엉켜 살았던 유일한 증인들의 시선이 궁금하기도 했다. 다만 벌써 이렇게 불쑥 찾아오실 줄이야. 이왕 먼저 오셨으니 천천히 둘러보고 가시라는 말에 손님은 손사래를 쳤다.

"사실 이 동네 다른 데 갈 일이 있어서 지나가다 잠시 들른 거예요. 지금은 어디 가봐야 하고 다음에 책 읽으러 올게요."

"그럼 그땐 내외분 같이 오셔요. 구석구석 구경시켜드리고 싶어요."

못내 아쉬워 앞마당까지 배웅을 나가면서 무슨 말을 더 꺼낼지 고민했다. 묻고픈 게 많았지만 한마디만이 허용될 시간이었다.

"어떠셨어요?"

대충 그린 추상화 같은 질문에 손님은 가던 걸음을 잠시 멈추었다.

"어머니께서 책을 참 좋아하셨어요. 나이드셔서도 책을 항상 옆에 두고 사셨는데. 어머니 돌아가시고 이 집이 책 읽는 가게가 되었다니……"

어떤 형용이 내게 가닿아야 할지 잠시 더 고민하던 손님은 말했다.

"……참 신비하네요."

지금은 첫서재라는 소박한 이름의 공유서재가 된 이 집은 누군가 팔려고 해서 산 게 아니었다. 그저 여행자였던 나의 시선이 머무른 마을에서 가장 온화한 자리에 터 잡고 있던 폐가였을 뿐이다.

덜컥 사들인 뒤 리모델링을 위해 철거 공사를 시작하던 날, 가장 무거운 건 책더미였다. 수십 년은 묵은 듯한 책들이 방마다 빼곡히 쌓여 있었다. "책방 될 집이라고 책이 많네요"라던 현장부장님의 농담을 흘려들었는데 옛 주인 며느리 말씀대로라면 농담처럼 들을 얘기가 아니었던 게다. 어쩌면 이 집으로 나를 이끌었던 건 파란 지붕과 라일락나무만이 아니었을 수도 있겠다. 오래전부터 배어 있었을지도 모를 책의 냄새와 책을 사랑하는 사람이 수십 년을 머물던 기운이 우리를 이곳에 발걸음하게 하진 않았을까? 오늘 방문한 손님의 말처럼 신비한 얘기겠지만.

보름이 지났다. 5월 어버이날. 처음으로 다른 사람에게 하루 동안 가게를 맡겼다. 여덟 살 아들내미의 축구대회가 있던 날이었다. 다행히 카페를 차려본 적 있는 후배가 흔쾌히 도와주기로 했다. 한창 축구대회를 관람하던 중 스마트폰 진동이 울렸다. 후배였다.

"선배, 옛 주인 아드님께서 오셨는데 어쩌죠?"

하필 처음 가게를 비운 날에 찾아오시다니. 전화를 바꾼 뒤 사정을 설명드리며 최선을 다해 아쉬운 마음을 전했다. 다음에 꼭 다시 와 달라는 부탁도. 그러고는 후배에게 잘 모셔달라고 당부하고 음료와 다과도 그냥 내어드리라고 했다. 나중에 들으니 한사코 거절하셔서 못 드렸다고 한다. 그 대신 행복이란 이름의 나무 화분을 하나 선물하고 가셨다고. 후배는 옛 주인 아드님의 방문 모습을 허락받고 영상으로 찍어두었다며 내게 전달해주었다.

늦은 밤, 축구대회가 끝나고 문 닫힌 가게로 돌아왔다. 흔들의자에 눕듯이 앉아 후배가 보내준 영상을 하나씩 돌려봤다. 아드님의 모습뿐 아니라 목소리까지 생생히 담겨 있었다. 여기서 나고 자라서 결혼한 뒤 분가를 하셨다는, 그리고 집을 팔 때 책 읽는 가게를 만든다는 말에 흐뭇하셨다는 음성이 선명히 들려왔다. 어버이날이라 문득 부모 생각이 나서 와봤다는 말씀도.

집으로 돌아가기 전, 가져오신 나무 화분을 아드님의 방이었다는 곳 귀퉁이에 놓아두었다. 육십 년 가까이 집을 지켜온 라일락나무를 마주보는 자리였다. 두 나무를 번갈아 바라보며, 그러고는 가게 문을 나긋이 잠그며 문득 먼 시간을 그렸다. 다음에 정말 다시 오시면 옛 주인 할머니에 대해 조금 물어봐야지. 어떤 분이었는지, 어떤 책을 아꼈는지. 그리고 그 책을 서재에서 가장 볕이 잘 드는 곳에 놓아두어야지.

아기 손님이
가죽소파에
토를 했다

첫서재의 수요일은 조용하다. 물론 목요일도 조용하다. 평일은 온종일 대여섯 분, 많아야 열 분 남짓한 손님만이 이 외진 언덕마을의 공유서재를 찾는다. 월화는 가게 문을 닫고 금요일은 주말 전날이라 그런지 조금은 손이 바빠진다. 그러니까 첫서재에서 가장 평온한 시간은 수요일과 목요일, 그중에서도 가게 문을 막 열 무렵인 셈이다. 그래서 그즈음 찾아오는 손님들은 아무래도 조금 더 눈에 깊이 담기는 편이다.

지난 수요일도 그랬다. 정오를 갓 지났을 무렵 한 여성 손님이 가게를 찾았다. 가까이서 보니 혼자는 아니었다. 가슴 앞으로 둘러멘

포대기 안에 갓난아기가 꽁꽁 매여 있었으니.

"몇 개월이에요?"

손님에게 어서 오세요가 아닌 다른 인사말을 먼저 건넨 적이 있었나. 아무튼 고 귀여운 것이 잠도 안 들고 나를 말똥말똥 쳐다보고 있기에 그 말이 서둘러 나왔던 것 같다. 손님은 칠 개월 됐다며 웃어 보였다. 칠 개월이면 첫서재의 문을 연 이래 가장 어린 손님이 방문한 셈이다. 최연소 손님과 엄마는 따뜻한 아메리카노와 호두정과를 주문한 뒤, 글책방에 있는 흔들의자에 자리를 잡았다. '앉았다'보다 '자리를 잡았다'는 표현이 어울릴 법한 건 짐이 꽤 많았기 때문이다. 우선 옆구리에 메고 있던 큼직한 운동가방을 의자 옆에 털썩 놓아두었다. 아기 몸집의 두 배는 될 법한 가방에는 운동용품 대신 갓난아기의 온갖 비상용품들이 가득할 것이었다. 포대기는 어깨끈을 풀어 반대쪽 옆자리에 놓아두었다. 그제야 그녀는 몸이 좀 가벼워진 듯했다. 그나마 푹신한 흔들의자가 우리 가게에 있어서 다행이라고, 나는 잠시 생각했다.

음료를 내어드린 뒤에는 고요함만이 흘렀다. 그사이 맞은편 그림책방에 있던 손님마저 나가고 엄마와 아기만 가게에 남게 되었다. 벽 너머로 들려오는 책장 넘기는 소리, 아기의 몸집만큼이나 앙증맞은 기침소리, 그런 아기의 등 두드려주는 소리로 엄마의 시간을 어렴풋이 짐작할 수 있었다. 소리가 들려오는 주기가 조금씩 뜸해지는 걸로 보아 엄마의 시간은 시나브로 나긋해지고 있는 듯했다. 살짝 엿보니 아기는 엄마 품에서 벗어나 바닥을 기어다니고 있었다. 바닥 먼지는 매일 닦아내지만 물걸레질은 한 주에 한두 차례만 하는데 마침 오늘이 그날이었다. 바닥을 헤엄치는 아기의 조막손을 보며 아침에 물걸레질한 보람을 만끽했다.

나는 자리에서 평온하게 책을 읽다가 문득 음악 플레이리스트를 뒤적였다. 아기를 위한 노래가 없을까. 들려주고픈 가사가 떠오르는 것도 같았다. 정밀아의 〈꽃〉이었다. 나태주 시인의 시에 가냘픈 멜로디를 얹은 포크 음악이다. 흐르고 있던 노래가 끝나기를 기다렸다가 〈꽃〉을 틀고는 볼륨을 한 칸 높였다. 무언가를 읽고 있던 그녀의 몰입을 방해하진 않을까 걱정도 들었지만 한 칸 정도 높인 거니까. 예쁘고 잘나서도, 많은 것을 가져서도 아닌, 다만 너여서 보고 싶고 사랑스럽다는 내용의 가사였다. 카운터에 앉은 나는 글책방이 보이지 않기에 손님이 음악에 귀기울였는지 알 도리가 없었다. 그저 나는 나의 마음을 발동했을 뿐이다.

노래가 흐르는 동안 아기의 기침 소리는 도리어 조금씩 더 잦아졌다. 그러다 꺽, 하는 소리와 함께 기침이 멎었다. 몇 분이 지났을까.

아기 엄마가 당황스러운 표정으로 카운터로 왔다. 음악 따위에 취해 있을 상황이 아니었던 게다.

"아기가 토를 했어요. 정말 조금 하긴 했는데 가죽소파라서…… 닦아낸다고 다 닦아냈는데 알려드려야 할 것 같아서요."

손님과 함께 손님이 '가죽소파'라고 표현한 흔들의자로 가보았다. 토를 닦겠다며 수건으로 열심히 문지른 자국이 아무래도 크게 보였다.

"괜찮아요, 손님. 가죽 클리너도 있고 항균 스프레이도 있으니까 제가 처리할게요."

"그래도 가죽인데 죄송해요. 얼마를 변상해야 할지……"

변상. 칠 개월 된 아기가 있는 힘껏 토를 해봤자 엄지와 검지 손가락을 붙여 그릴 수 있는 동그라미만큼도 안 될 것이었다. 아기가 토를 한 건 아기의 잘못도 아니고 엄마의 부주의도 아니다. 아기는 원래 토를 한다. 마침 그 자리가 가죽소파였을 뿐이다. 그런데 엄마는 변상이라는 서늘한 단어를 조심스레 건넸다.

"괜찮습니다. 오래된 소파예요. 닦으면 끝인데요."

헝겊으로 간단히 수습하고 카운터로 돌아왔다. 아기는 그사이 잠들었거나 본능적으로 잠든 척을 하고 있었다. 귀여운 것. 한참이 지나 그녀는 다시 아기띠를 메고, 아기를 품어 안고, 풀어놓은 것들을 가방에 주섬주섬 넣은 뒤 결제를 하러 나왔다.

"환대해주셔서 감사해요. 안녕히 계세요."

나는 특별히 더 환대한 적이 없다. 그저 귀여운 아기를 보고 귀엽다고 했고 아기 엄마를 다른 손님과 마찬가지로 대했다. 아기를 매달고 짐을 잔뜩 싸들고 다녀야 하는 엄마에겐 그런 보편의 환대조차 귀했던 걸까. 그녀는 조용히 책 읽는 순간이 얼마나 그리웠을까.

아마 지난해 이맘 즈음이었을 거다. 노키즈존은 차별에 가깝다는 글을 온라인에 올렸는데 수십 개의 댓글이 달린 적이 있다. 주로 비판과 비난투성이었다. 당신이 자영업자를 몰라서 그런다는 현실론도 많았고 몇몇 댓글에는 '애는 개랑 똑같다' '×충이' 등 혐오에 가까운 표현도 섞여 있었다. 무엇이 그들을 분노하게 했는지 헤아려볼 수 있었던 소중한 경험이었지만 큰 틀에서 나의 입장은 변하지 않았다. 게다가 그때와 달리 이젠 자영업자로 살아보고 있으니 몰라서 그런다는 비판에는 웃으며 반문할 처지도 되었다.

아기의 고 작은 토 자국에 변상을 하겠다며 어쩔 줄 몰라하던 아기 엄마. 당연한 대우조차 감사한 환대로 여기던 그녀를 보며 문득 그 논란의 글을 썼던 순간이 떠올랐다. 뛰어다니는 아이들 때문에 가게 앞에 출입금지 딱지를 붙여놓았다면, 걷지도 못하는 아기를 가슴에 메고 온 엄마는 내게 거절당했을 것이다. 주인인 나는 '날 탓하지 말고 뛰는 애들을 탓하라'는 무언의 메시지를 전하며 거절의 책임을 그 자리에 있지도 않은 아이들과 다른 부모들에게 돌렸을 것이다. 그렇다면 흔들의자에 토 자국은 묻지 않았을 테지만 그 엄마는 무거운 아기와 짐을 잔뜩 싸들고 다른 공간을 찾아헤매야 했을 것이다. 그런 식의 거절이 반복되는 사이 우리는 우리에게서 점점 멀어지고 서로를 이해할 기회조차 영영 잃어버리게 될지도 모른다.

그녀는 떠나기 전 '종종 들르겠다'고 말했다. 나는 우리 가게에 비교적 손님이 적은 시간을 일러주었다. 그리고 멀어지던 그녀의 등이 더는 보이지 않는 걸 확인한 뒤 가죽 클리너와 항균 스프레이로 토가 살짝 묻었던 흔들의자의 팔꿈치를 박박 닦아냈다. 그녀가 정말 다시 온다면 아마 이곳부터 확인할 것이다. 조금도 미안한 마음이 들지 않도록 더 티 안 나게 닦아내고 싶었다. 다행히도 당연히도 아무 얼룩도 냄새도 남지 않았다. '우리 가게는 아이들이 이용하기 참 불편한 곳이겠구나'라고, 말끔해진 흔들의자를 보며 잠시 생각했다.

그날 늦은 오후부터는 손님이 오지 않았다. 수요일은 원래 그렇다. 나 역시 여느 때처럼 그 흔들의자에 앉아 책을 읽다가, 햇볕을 먹다가, 꾸벅꾸벅 잠이 들었다.

오늘은
혼자 오신 것뿐이구나

앞마당 라일락꽃이 지고 계절은 어느새 초여름으로 접어들었다. 장마가 시작되기도 전인데 비가 온종일 주룩주룩 내렸다. 오후 다섯시가 막 넘은 무렵. 원래는 앉아 있던 손님들도 하나둘 저녁을 찾아 자리를 뜨고 새로운 손님도 거의 오지 않는 시간이다. 그런데 그날 만큼은 무척 이례적이었다. 가장 먼저 손을 꼭 잡은 손님 둘이 가게 문을 열었다. 나눠 쓴 우산 하나를 접어 우산걸이에 걸어두고 같은 음료를 주문한 뒤 그림책방에 나란히 자리를 잡고 앉았다. 뭔가 나까지 덩달아 싱그러운 기분으로 음료를 만드는 사이 또다른 손님 한 분이 이어서 들어왔다.

"잠시만 기다려주시겠어요? 먼저 온 분들 음료 가져다드리고 주문도와드릴게요."

여간해서는 꺼내지 않는 말이다. 그럴 상황이 자주 오진 않으니까. 그래도 꺼내면서 기운이 나는 말이기도 하다. 능숙한 카페 주인인 양 차례차례 음료를 만들어 내어드리고 다시 주문대 앞에 섰다. 원래 앉아 있던 손님들도 있었기에 어느새 가게의 빈자리는 흔들의자 하나만 남았다.

새로 온 손님은 집에서 잠시 마실 나온 듯한 간편한 차림새의 남성이었다. 그런데 왠지 낯이 익다. 예전에 온 적 있는 분인가? 확신할 수는 없었다. 얼굴 못 알아보기로는 거의 국가대표급이니까. 알은척이라도 해볼까 싶다가 확실치도 않은데다 표정까지 무뚝뚝하고 잔뜩 어두워 보여서 이내 섣부른 생각을 거두었다.

손님은 시원한 오미자차를 주문한 뒤 곧장 화장실로 향했다. 그 모습을 보고 나서야 확신이 들었다. 분명히 한 번은 오셨던 분이 맞다. 우리 가게 화장실은 책장을 밀어야 들어갈 수 있기에 여간해서 묻지 않고 사용하기가 어렵다. 처음 온 손님이라면 누구나 가게 구석구석을 두리번거리다 '화장실 어딨나요?'라고 묻기 마련이다. 그런데 그는 능숙하게 카운터 옆 책장을 드르륵 열고 화장실로 들어갔다. 더 반갑게 인사드릴걸 그랬다며 아쉬워하는 사이 화장실에서 금세 나온 손님은 가게를 둘러보지도 않은 채 글책방 흔들의자에 털썩 자리를 잡았다.

첫서재 문을 연 지 석 달째. 남자 손님이 혼자 오는 경우는 그리 흔하지 않다. 그래서 더 생각났을 법도 한데 도대체 누구였을까. 기억을 오래 되감을 필요도 없었다. 어렵지 않게 떠올랐다. 그래, 혼자 왔던 분이 아니구나. 오늘 혼자 오신 것뿐이구나. 왜 오자마자 못 알아봤을까.

첫다락에 지난봄 엿새를 머물렀던 어떤 손님과 함께 그는 온 적이 있다. 경기도에 사는 다락 손님을 이곳 춘천까지 차로 데리고 온 것도 그였다. 둘은 커피를 주문하고는 몇 시간이나 함께 머물렀다. 조용한 공유서재에서 두 사람이 숨죽여 속삭이는 소리, 억누르지 못하고 새어나온 깔깔거림을 선명히 기억한다. 조금 전 온 커플에게서도 느꼈던 그 기운, 사랑에 감전된 이들만이 낼 수 있는 싱그러운 소음이었다.

다만 무슨 연유인지 오늘 그는 혼자 왔다. 표정까지 어두워 보였다. 그러고 보니 주문받을 때 그의 눈을 제대로 마주치지 못했는데 눈을 피하려는 기운이 그에게서 감지됐기 때문이었다. 다른 손님이 하나둘 떠나고 테이블을 정리하러 글책방에 들어갈 때마다 흔들의 자에 앉은 그를 힐끗 살폈다. 그는 책을 짚지도 스마트폰에 열중하지도 않았다. 그저 미동도 없이 흔들의자에서 바라보이는 창 너머를 응시하고 있을 뿐이었다. 다음 자리를 정리하러 갈 때도 마찬가지였다. 무언가를 읽을 의지도 여력도 부재해 보였다. 오직 무기력이 그에게 서리어 있었다.

삼십 분가량 지났을까. 생각보다 이르게 그가 자리에서 일어나 계산을 하러 나왔다. 고개를 푹 숙이고 신용카드를 내민 그에게 물었다.

"저희 본 적이 있지요?"

그제야 처음으로 우리는 눈을 제대로 마주쳤다.

"기억하시네요."

"지난달이었죠 아마?"

"맞아요. 여기 북스테이에 머물렀던 H와 같이 왔었어요."

"그래요. 두 분 함께 오셨지요."

더 이어갈 말이 생각나는 것도 같고 하지 말아야 할 것도 같았다. 다행히 그가 먼저 말을 꺼냈다.

"지금은 헤어졌어요."

"아……"

"H가 이곳에 머물다 간 이후로 얼마 있지 않아서 서로 헤어지기로 했어요."

"무슨 일이라도 있었나요?"

"원래부터 자주 다투고는 했어요. 그래도 계속 화해하고 그랬는데…… 이젠 완벽히 헤어졌어요."

담담한 말투와 달리 눈빛은 속절없이 흔들렸다. 멀리 춘천까지 다시 찾아온 이유도 아마 담담하지만은 않았기 때문이겠지.

"여기까지 오기 번거로우셨을 텐데……"

"두 시간 걸려서 왔어요. 낮에 집에 혼자 있는데 어디든 가야지 가만히 있으면 안 될 것 같더라고요."

차분한 어조로 그는 말을 이어갔다.

"그러다 여기에 와보고 싶어졌어요. H가 여기 머물다 간 이후로 계속 다투기만 하다 헤어졌거든요. 그러니까 여기가 저희에게는…… 마지막으로 아름답게 기억된 장소예요."

옛 애인과의 마지막 아름다움을 더듬어 찾아온 남자.

"잊기가 힘드신가봐요."

"누군가를 처음 사귀어봤거든요. 그리고…… H는 좋은 사람이었어요."

"다시 만날 일은……"

"……없을 거예요, 아마."

우리는 잠시 눈을 맞추었다. 그가 물었다.

"H도 그날 이후 여기 온 적 있죠?"

"그래요. 몇 주 전에 가족들과 같이 들렀다 갔어요. 서로 연락은 하고 지내나보네요?"

"아뇨. 제가 SNS 들어가서 혼자 본 거예요."

"혹시 H님이 오시면 오늘 왔다 가셨다고 전해드릴까요?"

그는 잠시 머뭇거렸다.

"네…… 해주셔도…… 아니요, 그냥 말씀 안 하시는 게 나을 것 같네요."

어느새 새로운 손님 두 분이 가게 문을 열고 들어왔다.

"손님 오셨네요. 저는 이만 가볼게요, 사장님. 말씀 나눠주셔서 감사해요."

"뭘요. 언제든 생각나면 다시 오세요. 그리고……"

돌아서는 등허리에 무슨 위로의 말을 얹어야 할까. 오래 고민할 틈도 없었다.

"언젠가 또 좋은 사람을 만날 거예요."

한 시간 남짓이 흘렀다. 어느새 가게 문을 닫을 시간. 내내 흐렸던 하늘이 닫히고 뒤늦게 온 손님들도 하나둘 자리를 떴다. 컵을 씻고 커피메이커를 닦고 화장실 휴지와 수건을 갈고 테이블마다 놓인 스탠드의 불을 하나씩 껐다. 빗물이 잔뜩 묻은 우산걸이도 닦아냈다. 마지막으로 의자 정리를 하다 그가 앉아 있던 흔들의자를 물끄러미 바라봤다. 이 자리에 고작 삼십 분 앉아 있기 위해 두 시간을 달려왔던 사람. 혹시 그는 여기 왔던 걸 후회하며 돌아가고 있진 않을까. 그런 그에게 더 나은 말로 공허함을 채워줄 순 없었으려나. 더 나은 말이란 게 있긴 할까…… 이런저런 생각들로 잠시 붕 떴지만 '첫서재가 마지막 아름다운 기억으로 남았다'는 그의 한마디가 이내 가라앉혀주었다.

유독 혼자 찾아오는 분들이 많은 가게이다보니 저마다 어떤 사연을 품어 안고 이곳에 발걸음했는지 묻기 전까지 알기는 어렵다. 그 속 사정이 무엇이든, 여기까지 오셨으니 다들 조금은 제 안의 무거움을 놓아두고 가셨으면 좋겠다는 생각이 들었다. 첫서재가 누군가의 속상함을 품어 안는 좁지만 다정한 공간이기를, 굳이 말하지 않아도 되는 것들이 쌓이고 또 흩어지는 가게이기를 바라며 허전한 초여름 밤을 닫았다. 가게 바깥은 온종일 내린 비 냄새로 가득했다.

3
부

첫서재의 시계는
느리다

"오늘 독립서재 예약을 할 수 있을까요?"

아침 일찍 메시지 알람이 울렸다. 첫서재 앞마당에는 두 가지 소박한 자랑거리가 있는데, 하나는 육십 년 된 라일락나무고 다른 하나가 바로 재래식 변소를 개조한 독립서재다. 폐가의 방 문짝을 고쳐 만든 테이블, 맥주캔을 재활용한 전구와 나팔 모양 스피커, 나무 오르골 등 취향을 한껏 흘려둔 공간이다. 본채와 분리되어 있어 자유롭게 수다를 떨 수도 있기에 다른 테이블과 달리 예약도 받는다. 하지만 평일에는 몇 명 찾지 않는 가게이다보니 독립서재 예약은 주말에나 한두 차례 겨우 들어오는 정도다. 그런데 일주일 만에 누군가 평일에 예약하겠다며 연락이 온 거다.

손님은 오후 네시에 오겠다고 했다. 여느 때와 마찬가지로 아침 열시쯤 서재에 도착해 청소를 시작했다. 가장 먼저 제빙기와 오디오를 튼다. '청소 음악' 폴더를 따로 지정해두었는데 오늘은 문득 콜드플레이의 〈up & up〉이 듣고 싶어졌다. 물걸레질하는 손놀림이 평소보다 가볍다고 느꼈다. 힘을 빼고 있어도 누군가 손목을 잡고 대신 걸레를 밀어주는 기분. 추측건대 청소하는 목적이 분명했기 때문이었다. 적어도 한 분은 오늘 꼭 가게를 찾는다. 누군지 모를 그 사람 덕에 지금의 걸레질은 유의미하다.

오후 네시가 되기 삼십 분 전쯤 다시 한번 독립서재 테이블의 먼지를 훔쳐내고 스탠드를 켜두었다. 더운 날씨니만큼 에어컨 리모컨도 놓아두었다. 이윽고 예약 손님이 친구와 함께 도착했다. 서재를 찬찬히 둘러보고는 독립서재로 향했고, 나는 주문받은 시원한 오미자차와 아이스 아메리카노를 내어드렸다. 예약된 두 시간이 흘렀다. 계산하러 카운터에 온 손님은 신용카드와 함께 폴라로이드 필름 한 장을 건넸다. "예뻐서 찍어봤어요. 사장님 가지세요." 쌀쌀했던 지난 3월의 한 손님도 독립서재에 들른 뒤 즉석사진 한 장을 남겨주고 떠났더랬다. 그 사진 옆에 새로 선물 받은 사진을 붙여놓았다. 하얀 도화지 같던 카운터 벽이 알록달록 색을 입었다.

한가한 수요일 오후. 멀리서 온 손님이 두 장의 편지를 남기고 떠났다. 한 장은 부치지 못하는 편지를 누군가에게 남겼고 나머지 한 장은 주인장인 내게 남겼다. 몇 해 전 읽었던 『나미야 잡화점의 기적』이 떠오른다며 첫서재에 머무름만으로 지난날들과 앞으로의 날들이 다가왔다고 종이에 꾹꾹 눌러 담아 전해주었다. "저 내일 또 와도 되죠?"라며 나가셨는데 그 말 한마디에 밤이 길어졌다. 부치지 못한 편지에 답장을 드리고픈 마음이 잠을 방해했다. 눈물이 도글도글 고일 만큼 애틋한 사연의 편지였다. 늦은 밤까지 이리저리 떠돌던 마음을 활자로 붙잡아 다듬어보다가 예전에 읽던 시집 제목이 불현듯 떠올랐다. 『우리는 매일매일』. 떠난 사람을 뒤로하고 남은 이들은 매일매일을 살아내야 하겠지. 서툰 답장 대신 손때 묻은 시집을 드리기로 했다. 정말로 내일 오신다면.

이튿날. 오후 늦기 전에 손님은 다시 찾아와주었다. 전날보다 더 오래, 지는 석양을 맞이하는 순간까지 한자리에 머물다가 일어났다. 공간값을 받은 뒤 문을 열고 나가는 손님께 낡은 시집을 건넸다. 먼 길 돌아가는 발걸음이 조금이라도 가벼워지기를 바라는 마음을 어색한 손길에 담았다. 손님의 표정을 읽어낼 깜냥도 여유도 없었지만 내 마음은 명료하게 읽혔다. 돌아오지 않을 누군가에게 마음 쓰느라 시간을 쏟았던 어젯밤이 그다지 낭비로 여겨지지 않았음을.

첫서재의 시계는 느리다. 늘 부족했던 시간이 고무처럼 탄성이 생겨 길쭉해진 기분이다. 삼십팔 년간 살았던 서울과 십 년 넘게 업으로 삼았던 기자 시절을 생각하면 더욱이 그렇다. 서울에선, 정확히 말해 직장을 다닐 때엔 시간 낭비 같아 아예 틈을 내어주지 않거나 최대한 빨리 끝내려 했던 사소한 결정들을 이곳에서는 최대한 오래 곱씹은 뒤 내리게 된다. 예컨대 화분에 물을 주는 일에도 흙의 마른 정도와 볕의 양을 꼼꼼하게 따지느라 시간을 쏟는다든지 손님의 문의 메시지에 두어 줄의 답이라도 금방 보내지 않고 한참 고민하고 정리해서 보내드리는 식이다. 급할 게 없기 때문이다. 화분에 물을 서둘러 준다고, 답변 메시지를 서둘러 보낸다고 다음 할일이 나를 재촉하는 것도 아니니까.

시간이 느리게 흐르다보니 얻는 것들이 있다. 이를테면 정성을 다하는 마음이 그렇다. 춘천살이를 하면서, 첫서재 문을 열면서 얻은 도드라진 수확이다. 서울서 직장 다닐 때는 오로지 나를 중심으로 정성의 울타리를 견고하게 쌓았다. 나에게만 가족에게만 친구에게만 정성을 쏟기에도 시간이 늘 빠듯했다. 더 솔직해지자면 빠듯하다는 핑계 대기에 바빴다. 분주함을 계량할 수 있다면 실제 분주함보다 마음의 분주함이 두 배는 더 컸을 테니까. 그러나 여기서는 무엇도 빠듯하지 않다. 정성을 다할 범주를 정하고 울타리를 두를 필요도, 그 중심에 내가 있을 필요도 없다. 생일을 맞이한 첫다락 손님에게 무슨 깜짝 선물을 드려야 할지 전날부터 내내 가족회의를 한다. 첫다락에 모시지 못하는 분들에게 되돌려드릴 답장을 쓰려 한 시간을 골똘히 흘려보낸다. 살아남을 가능성이 희박한 담쟁이넝쿨을 살려보겠다며 반나절 내내 흙을 다듬는다. 살아남지 않더라도 그 시간이 아깝지 않기에 쏟아붓는 마음이다.

정성껏 무언가를 대하는 날들이 늘면서 어린 시절에나 발동했던 감각들이 되살아난 것도 뜻밖의 수확이다. 설렘이라는 감각이 그렇다. 어릴 적엔 쓸모없는 일에도 쉽게 설렜더랬다. 시간을 배분할 때 미래의 유용성까지 계산하지 않았기 때문일 것이다. 어른이 되고부터는 쓸모 '있는' 일에만 선택적으로 설렜던 것 같다. 기다림이라는 감각도 마찬가지다. 나이가 들수록 기다림은 처리되어야 할 일을 처리하지 못해 찝찝한 기분으로 남거나 그저 시간 낭비로 여길 뿐이었다. 대개는 '기약 있는' 기다림이었기 때문이다. 지금은 기약 없이 기다리는 일이 잦다보니 기다림이란 감정 자체에 집중하는 시간이 부쩍 늘었다. 앞마당의 꽃이 언제 필지 알 수 없기에 바라보는 마음이 느긋하고 학교 다녀온 아이가 뒤이어 갈 학원이 없기에 천천히 놀다

와도 걱정스럽지 않다.

　얻는 게 있다면 잃는 것도 있겠지. 아마 잃는 것들은 눈에 잘 띄지 않을 게다. 느린 시간을 만끽하는 사이 나도 모르게 몸에서 빠져나가는 것들 말이다. 예컨대 사소한 것에 집착하지 않는 담대함을 잃어가고 있을 수도 있고 사람이 다소 자잘해졌을 수도 있다. 효율적으로 일처리하는 능력이 퇴화되고 있을 수도 있겠다. 서울에서 직장에서 한 시간이면 해결했을 일을 몇 시간이고 게으르게 붙잡아두다 보니 그럴 수밖에.

　하지만 나는 그러려고 이곳에 왔다. 지난 삼십대는 담대함과 효율을 극단적으로 끌어올리는 훈련만 받으며 지내왔으니까. 아니 삶을 통틀어도 '늘 큰 꿈을 꾸고 시시한 것에 눈길을 주지 말며 다음 단계를 위해 지금을 참으라'고 교육받으며 살아왔다. 삼십대가 저물 무렵부터 비로소 의심이 들기 시작했다. 누구를 위해 나는 최상으로 효율적인 무기가 되어야 하며 시시한 것에 눈길 주지 않고 통 크게 살아서 도대체 뭘 더 얻었는지. 도리어 그런 인간으로 길러지는 사이에 더 인간다울 수 있는 가치들을 생의 행로에 쉬 버려두고 온 것만 같다. 이곳에서는 길에 버려진 그 작은 것들을 천천히 되걸으며 주워담아보는 중이다. 살아가는 맛이 꼭 자극적일 필요는 없었다는 걸

깨달아가면서.

"가령 네가 오후 네시에 온다면 나는 세시부터 행복해지기 시작할
거야."

춘천에 첫서재를 차린 뒤 다시 읽어본 책들이 몇 권 있다. 『어린
왕자』도 그렇다. 아마 이십몇 년 만일 거다. 책 속의 저 말이 충분히
와닿고도 남았던 어린 시절로 나는 지금 돌아간 것만 같다. 사회적
무기로 길러지던 한 시기를 지나, 사회적으론 딱히 쓸모없는 기다
림과 설렘이 앞서거니 뒤서거니 마음을 두드리는 날들이 기적처럼
되돌아왔다. 별 이득 될 것 없는 무언가를 위해 정성껏 준비하는 하
루, 쓸데없이 사랑스러운 하루하루가 매일 같은 듯 다른 모양으로
피고 진다.

서투름이 쌓인다
첫서재

2021년 봄 ~ 2022년 가을

부서져가고, 무너져가고, 잡초만 무성한 집.
라일락나무와 푸른 지붕이 예뻐서 샀다지만
그것 말고는 다 걱정투성이었다.

철거 공사를 시작하던 날, 가장 무거운 건 수십
년 묵은 듯한 책더미였다. "책방 될 집이라고
책이 많네요." 현장부장님이 농담을 건넸다.

사람이 떠난 집을 말없이 지키고 있던 등 굽
은 라일락나무.

라일락나무를 감싸안을 나무 벤치 짜기
시작.

"부엌 위에 쓸 만한 다락방이 하나 있어요.
잘 고치면 사람 한 명 정도는 아늑하게 머물
수 있을 거예요."

무너지고 부서진 집에서 살릴 수 있는 것들은 어떻게든 살려보기로 했다.

지붕을 이룬 나무판자들은 거의 썩거나 부서졌지만 대들보만큼은 단단하게 살아 있었다.

창문과 책장의 색깔, 가구의 크기, 미세한 선반의 높이까지. 오직 경험이 아닌 상상으로 판단을 내려야 했던 리모델링 작업.

애써 고쳐놓았던 것들이 꽁꽁 얼거나 다시 부서지기도 했던, 혹독했던 겨울.

무너진 담을 벽돌로 다시 쌓고 부서진 창문은 봄과 가을의 바람을 들이도록 여닫이로 만들었다.

라일락 나무 아래서 꽃향기 맡으며 책 읽는 낭만적인 공간이 되기를.

첫 봄맞이. 4월 중순이 되자 나무는 늘 그랬다는 듯이 라일락꽃을 피웠고 우리는 기적처럼 바라봤다.

겨울을 버틴 동백꽃은 시든 뒤에 더 고아하다는 걸 아는지.

라일락이 피자 벌과 새가 날아들고, 지저귐이 들려오고, 거짓말처럼 날씨가 풀렸다.

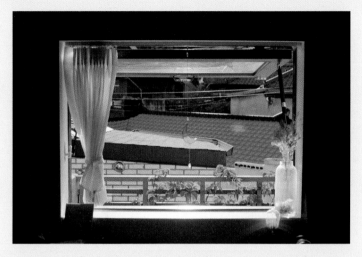

초여름, 오후 네시 무렵이면 정서향 집의 창문으로 비로소 햇살이 쏟아진다.

좁다란 골목 틈에 있는 가게라 찾기 쉽지않
다. 분필로 쓴 조촐한 입간판을 내어두었다.

지난겨울 엄마가 앉아 있던 흔들의자. 이듬
해 여름엔 갓난아기가 조막만한 토사물을
묻힌 채 졸고 있었다.

붉게 물든 담쟁이넝쿨이 데려온 가을.

옛 주인의 아드님이 선물한 '행복'이라는 이름의 나무 화분을, 아드님 방이었던
곳 귀퉁이에 놓아두었다.

한낮이 가라앉힌 푸른 달.

국화가 질 무렵이면 오색마삭이 가장 붉어
진다는 걸 비로소 알았다.

빛과 색깔과 이야기를 모으는 생쥐 프레드릭처럼 겨울을 준비하자고 우리는 말했다.

들고 다닐 만한 창 하나를 짰다. 어느 풍경이든 '첫서재'의 이름과 함께 담기도록.

세 뼘 남짓 크기의 여닫이 창문 바깥으로는 하루 열 명 남짓 사람들이 오간다.

재래식 화장실을 고쳐 꾸민 독립서재에는 옛 문짝으로 만든 테이블과 원목 스피커, 오르골을 놓아두었다.

'오픈' 간판을 내걸면 나만의 서재는 공유서재가 된다.

빈집에 묻혀 있던 장독대에는 율마나무를 심었다.

새 둥지를 닮은 편지함에는 수신인이 분명하지만 부치지는 못하는 편지들이 차곡차곡 쌓여간다.

그림책방의 통창으로는 매일 같은 풍경이 다르게 펼쳐진다.

실내 화분에 자라는 것들도 쉬는 날마다 물과 햇볕을 먹는다.

가게 문을 닫는 날이면 이불을 빨고 앞마당에 널어 바람에 말린다.

정서향 집이라 늦은 오후에야 볕이 찾는다.

구석구석 꼼꼼하게 스며든 햇살

맑은 날 오후 네다섯시 무렵이면 곳곳에 무지개가 피는 가게.

첫서재의 겨울.

누군가 만들어놓고 간 눈사람 머리 위에, 저
멀리 옛 성당 첨탑이 고깔을 씌워줬구나.

함께 일하던 동료가 겨울에 선물해준 책갈
피. 봄의 첫 손님에게 선물로 드렸다.

수도관 동파를 막으려 마당 수도꼭지에 물을 조금씩 흘려놓으면 며칠 뒤에는 여지없이 이렇게 된다.

춘천의 겨울은 길기에 눈이라도 듬뿍 내렸으면 한다.

보일러도 없는 옛집이다. 전기난로를 들여놓고 주전자에 물을 끓여 온도와 습도를 조절한다.

첫다락

다락을 여는 문은 책장 뒤 어딘가에 숨어 있다.

버려진 캔을 재활용한 전구 스탠드와 나무로 만든 스피커.

이 비밀스러운 다락방에는 일주일에 한 사람씩, 꼬박꼬박 머물다 떠난다.

다락방 첫 손님이 그려두고 간 '첫다락 사용 설명서'.

나무의 진열장에는 계절마다 새로운 창작자 마켓이 열린다.

손으로 만든 '누군가의 첫 작품'을 들여놓는다.

인생의 다양한 처음이 되어준 작품에 대해
누군가 써놓으면 주인장이 사들여놓는다.

글책방에는 '처음노트'가 놓여 있다.

고민을 쪽지에 쓰고 가면 도움될 만한 그림
책을 권해준다.

그림책방에는 '세줄 상담소'를 차려놓았다.

밤이 되면 종종 북살롱이 열린다.

삼삼오오 모여 그림책을 읽어주며 이야기를 나누기도,

저마다 쓴 글로 단편소설집을 완성하기도 한다.

여기서 보낸 밤이 그리워질 거야, 언젠가는.

칠십 살 넘은 동네 성당과 그만큼 자란 느티나무.

가게 문을 닫고 약사천과 공지천, 두 시냇가를 따라 삼십여 분 걷다보면 어느새 집이다.

근처 의암호에서 타는 카누. 어떤 소음도 쫓아오지 못하는 세상과의 접선이다.

다정함으로 물들어가는 흰 벽.

한 손님이 바질토마토청과 케이크를 손수
만들어 오셨다. 개업 백일 선물이라며.

다락방에 놓아둔 이 수제노트에는 신비한
이야기들이 차곡차곡 쌓여간다.

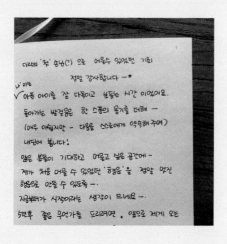

다락의 '첫' 손님(?) 으로 어울수 있었던 기회
정말 감사합니다 ㅡ*
나 라는
✓ 아픈 아이를 잘 다독이고 보듬는 시간 이었어요.
돌아가는 발걸음은 한 스푼의 용기를 더해 ㅡ
(매우 아쉽지만 ㅡ 다음을 스스로에게 약속해 주며)
내딛어 봅니다!
많은 분들이 기대하고 머물고 싶은 공간에 ㅡ
제가 처음 머물 수 있었던 '행운'을 정말 멋진
행운으로 만들 수 있도록 ㅡ
지금부터가 시작이라는 생각이 드네요 ㅡ
5년후 좋은 무언가를 드리려면. 앞으로 제게 오는

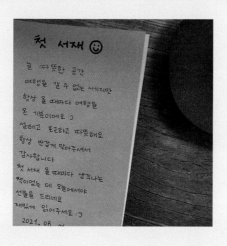

첫 서재 ☺
늘 따뜻한 공간
여행을 갈 수 없는 시기지만
항상 올 때마다 여행을
온 기분이에요 ㅋ
설레고 포근하고 따뜻해요
항상 반갑게 맞아주셔서
감사합니다
첫 서재 올 때마다 생각나는
책이었는 데 오늘에서야
선물을 드리네요
재밌게 읽어주세요 ㅋ
2021. 08.

제주 공천포에서 데려온 고래. 화장실에 걸
어두었다.

화장실에 갇힌 고래가 외롭지 않게 옆에 붙여
두라며, 한 손님이 엽서 두 장을 주고 떠났다.

영수증 용지에 인쇄한 서재 풍경을 모자이크처럼 붙여 만든 작품. 함께 일했던 동료가 불현듯 찾아와 선물하고 떠났다. 용지 특성상 점
점 흐릿해지다가 결국엔 사라지는 작품이란다. 첫서재와 운명까지 빼닮았다.

수신인은 분명하지만 부칠 수 없는.

"책에 담길지도 몰라요. 언젠가는 그 사람이
읽을지도요."

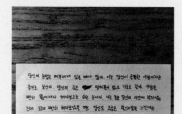

부치지 못한 편지.

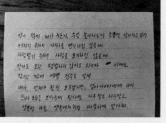

"평범하지 않아도 되니까 이대로 깎이고 깎여 예쁜 진주로 살게."

갓 움튼 봄날, 여덟 살배기 딸과 엄마가 손잡고 왔다. 엄마는 미혼모였다.
연락이 끊긴 아이의 아빠에게 편지 한 장을 남기고 떠났다.
"여전히 너는 이 아이가 궁금하지도 보고 싶지도 않을까?"
"처음에는 죽을 만큼 너를 미워했고, 원망했고, 욕했어."
"혹여 내 아이가 훗날 널 찾았을 때 마음 아파하지 않게 꼭 잘살아줘."
아무것도 모를 아이는 그 봉투 위에 티 없이 예쁜 그림을 그렸다.

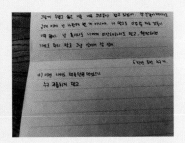

남몰래 좋아한 선생님에게.

학창시절 나를 괴롭힌 너에게.

누군가에게

　겨울이 언 강물의 밑바닥처럼 흘러갔습니다. 첫서재 문 여는 날이 성큼 다가오고 있네요. 혹독한 추위는 서재의 주방 집기와 화장실 변기와 새로운 일상을 향한 열망까지 차갑게 식히거나 깨뜨렸지만 봄의 너그러운 방문까지 막아 세우지는 못했나봅니다. 날이 풀리는 사이 저는 얼어붙은 집기와 심기를 조금씩 복구해나가고 있습니다. 곧 서재의 문을 열고 이름 모를 당신을 맞이하기 위해서죠.

　춘천에서 단 스무 달만 문을 여는 공유서재, 첫서재를 이제부터 당신에게 소개하려 합니다. 첫서재는 돈을 받지만, 돈이 아닌 다른 것들도 받는 가게입니다. 먼저 서재에는 두 평 남짓한 다락방이 있답니다. 부서져가는 지붕 아래 나무 천장을 덧대고 대들보를 다듬고 돌담이 보이도록 키 작은 창문을 낸 방이지요. 느릅나무를 깎아 지름이 두 뼘 남짓한 고목 탁자를 만들어 방안에 두고 원목 스탠드와 스피커를 올려두었습니다. 서재의 다락방인 만큼 몇 권의 책을 누일 나무 바구니도 놓아두었어요. 침대와 침구도 정성스럽게 골랐답니다. 이름은 '첫다락'으로 지었어요. 누구에게나 첫 경험이 되는 다락방, 새로운 시작을 궁리하거나 감행하는 첫 공간이길 바라는 마음을 담았지요.

　정성껏 가꾸어놓은 이 공간에 일주일에 한 분씩, 숙박객을 초대할 생각입니다. 다만 숙박비는 돈이 아닌 다른 것들로 그것도 오 년 뒤에 받을 예정이에요. 손님들은 이곳에 묵으며 느낀 값어치만큼 오 년 뒤에 자신의 무언가를 내어주시면 됩니다. 예컨대 당신이 뮤지컬이나 연극배우 지망생이라면 첫다락에서 쉼과 영감을 얻어갈 수 있을 겁니다. 오 년 뒤 당신이 꿈꾸던 배우가 된다면 공연 티켓을 보내준다면 감사하겠지요. 만약 되지 못한다 해도 오 년 뒤의 당신은 무어라도 하고 있을 테니 별 상관없을 거예요. 당신이 예술가나 작가라면 첫다락이 작업 공간이 되어드릴 수 있을 겁니다. 다락방은 매우 비좁지만 서재로 내려오면 꽤 넉넉한 책상들이 있으니까요. 서재 문을 닫은 뒤부터 다음 날 아침 문 열 때까지는 온전히 당신만의 공간이 될 것입니다. 여기서 머물며 구상한 작품을 오 년 뒤에 보내주시면 좋을 거예요. 당신이 화가라면 그림을, 시인이라면 첫서재에 관한 시 한 편을 지어 건네줄 수도 있겠지요. 꼭 예술가가 아니어도 괜찮아요. 학생에겐 직업을 정하거나 꿈을 찾는 일에 도움이 되어줄 수도, 여행자라면 여행길에 잠시 멈추고 사색하는 쉼터가 되어줄 수도 있는 공간일 테니까요.

또 다락방이 아니라도 누군가의 숨은 이야기를 받고도 서재 공간을 기꺼이 내어드리려 합니다. 첫서재 대문에는 새 둥지 모양의 나무 우체통이 매달려 있습니다. 지금은 전기 및 수도 요금 고지서만 꼬박꼬박 받아먹고 있지만 봄이 되어 서재 문을 열고 나면 이녀석 품에 손편지가 안겨 있기를 꿈꾼답니다. 첫서재에 오셔서 손편지를 쓴 뒤 이 우체통에 넣어두고 가는 손님께는 서재를 이용하는 값을 받지 않을 생각이거든요.

다만 편지에는 조건이 붙습니다. 먼저 수신인이 분명해야 해요. 이름까지 밝히지는 않더라도 반드시 특정한 '누군가'에게는 써야 합니다. 그 대상은 가족일 수도 떠나버린 사랑일 수도 미워하는 상사일 수도 미래 혹은 과거의 자기 자신일 수도 머리를 어지럽히는 상념일 수도 있겠지요. 그리고 그 누군가가 지금은 편지를 전달받을 수 없는 상황이어야 해요. 저희 역시 편지를 누군가에게 전달하지는 않을 것입니다. 누군가에게 가닿을 일 없는, 수신인은 분명하지만 결코 전해지지 않는 편지인 셈이죠.

그렇게 되면 첫서재가 문을 여는 스무 달 동안 익명의 이야기들이 우체통에 수북이 쌓이겠지요. 손끝의 체온을 간직한 날것의 이야기들을 저는 모으고 싶었습니다. 누군가에게 꼭 전하고 싶지만 결코 전해서는 안 되었던 혹은 전하기 서먹했던 사연들이 마음에서 출발해 손끝을 거쳐 여행하듯 첫서재에 다다랐으면 좋겠어요. 그리고 그 이야기가 기억되고 위로받기를 바라요. 서로의 익명성을 베고 누워 경험을 나누고 위로를 덧대는 가게가 서울이 아닌 어느 작은 도시에 하나쯤 있었으면 했거든요. 단지 공간만 공유하는 서재가 아니라 마음의 온기까지 나누는 깊은 의미의 '공유'서재 말이에요. 그런 공간을 채워나갈 당신의 손글씨를, 사랑스러운 초고를 기다립니다.

마지막으로 '첫작품'이라는 이름의 자그마한 창작자 마켓도 열 생각이에요. 첫서재의 키 낮은 대문을 열고 들어오면 통유리창으로 나무의 진열장이 보인답니다. 어른 허리춤 높이의 진열장에는 열두 칸의 서랍이 가지런히 매달려 있지요. 서랍들은 저마다 다른 주인들의 작품들로 채울 예정입니다. 초보 창작자 혹은 예비 아티스트의 창작품을 받아서 이곳에서 저희가 대신 판매할 생각이거든요. 창작자께서 원하는 가격 그대로 판매하고 그 금액은 고스란히 전달될 거예요. 다만 역시 '오 년의 약속'은 해주셔야 합니다. 오 년 뒤에 돈이 아닌 것들로 수수료를 보내주시기로요. 그사이 더 갈고 닦아 진화한 작품을 보내주셔도 좋고 강좌를 열어주셔도 좋겠지요.

보내주시는 작품은 어떤 '첫' 의미가 담겨 있든 다 환영합니다. 회사를 관두고 처음 만들어본 가죽공예품일 수도 처음으로 돈을 받고 팔아볼 생각을 한 수제 홍차일 수도 있겠지요. 첫 여행을 떠올리며 그린 손바닥만한 그림엽서들도 좋을 거예요. 뮤지션이나 댄서라면 언젠가 열릴 첫 공연 티켓을 미리 가져다두셔도 멋지겠네요. 첫서재의 손님들 그러니까 작품을 사갈 고객님들은 당신의 미래에 대한 공동 투자자가 될 것입니다. 누군가 자신의 작품에 돈을 지불했다는 것만으로 창작자는 한 뼘씩 자랄 테니까요.

다락방부터 창작품까지 왜 죄다 돈을 받지 않는 거냐고 당신이 궁금해한다면 잘 정리된 마음을 대답해드리고 싶습니다. 저는 스무 달 휴직을 결심한 뒤 이 소도시에 내려와 시한부 공유서재를 차렸습니다. 이곳에서는 돈이 아닌 다른 것들을 벌어보고 싶었어요. 지난 십 년간 돈을 벌기 위해 하루의 삼분의 일을 꼬박꼬박 바치며 살았습니다. 통큰 기부 한번 해본 적 없이 생존을 핑계 삼아 이기적으로만 살아왔지요. 돈을 벌지 못하는 일에는 그리 시간과 감정을 투자하지 않았어요. 힘들고 억울한 취재원들의 눈빛을 마주하면서도 '뉴스에 내면 할일을 다 한 거야'라고 자위하며 애써 외면해왔습니다. 어른이 되어 처음 맞은 봄방학 같은 시간에는 조금 다르고 싶었어요. 월급보다 중요한 가치가 있다고 믿고 돈이 아닌 것들을 최대한 많이 벌어볼 생각입니다. 물론 수도와 전기요금 그리고 폐가를 사기 위해 대출한 돈의 이자를 갚을 정도는 벌어야겠지요. 그래서 공간값도 받고 음료값도 조금씩은 받을 겁니다. 그것 말고는 돈 대신 이야기를 벌고 사람을 벌고 누군가의 미래를 벌 거예요. 손님들이 서재에 남기고 간 값진 경험과 꺼내기 어려웠던 진심과 미지근하게 퍼지는 정서를 벌 겁니다.

한편으로는 사회에서 통용하는 거래의 방식을 한 번쯤 뒤틀어보고도 싶었답니다. 교환의 일반적인 수단과 방식인 돈과 동시성을 제거하고도 서로 만족해하는 거래가 이뤄질 수 있을지 궁금했거든요. 그 방식을 벗어나면 무조건 손해를 보는 건지도 의심스러웠고요. 그래서 돈보다 귀한 영감을 얻을 만한 공간을 누군가에게 먼저 내어주고 그 영감에서 발원한 결과물을 나중에 받아보기로 한 겁니다. 약속된 시간이 지나면 그분들이 제게 보내준 것들에 대한 값어치를 하나하나 따져볼 생각이에요. 지금 당장 돈을 꼬박꼬박 받았다면 벌었을 것과 비교했을 때 얼마나 차이가 있을까요? 그 계산에는 단순한 값어치뿐 아니라 이런 작당을 감행하고 이런 사람들을 만나 얻은 무형의 가치도 보태야 하겠지요.

마지막으로 저는 제 이야기를 모으고 싶었어요. 내가 읽고 쓰기 위해 만든 공간에 영감과 꿈을 품은 사람들을 초대하면 자연스럽게 그 이야기들이 쌓이지 않을까요? 그런 신비한 공간에서 벌어지는 일들을 역량껏 글로 엮어보려 합니다. 잘할 수 있을지는 모르겠지만 꼭 해보고 싶었거든요. 나름대로 더 정신이 낡기 전에 자신에게 기회를 줘보는 거랍니다, 저도.

이 편지가 가닿을 당신이 누구인지 저는 알지 못합니다. 당신은 예술가일 수도 학생일 수도 있습니다. 직장인일 수도 직장에 다녀본 적 없는 프리랜서일 수도 있겠지요. 아이의 부모일 수도 부모의 아이일 수도 있을 겁니다. 저는 그저 저만의 교신소를 차려두고 바다에 유리병 띄우듯 먼 우주에 전파를 던지듯 첫 편지를 띄웠을 뿐이에요. 이제부터는 저 먼 데서 기적처럼 응답이 오기를 기다리는 수밖에요. 커다란 우주에서 무심코 연결되어 물질을 빚어내는 원소들처럼 부디 당신과 내가 우연히 만나기를요.

2021년의 어느 날
첫서재로부터

직접 흙을 만져보면 된다

첫서재에는 스물세 식구 식물이 자라고 있다. 앞마당에는 맏이인 라일락나무가 있고 겨울이면 빨간 열매를 맺는 아기 남천나무 스무 그루가 그 옆 아담한 뜰에서 자란다. 장독대 밑동을 뚫어 만든 화분에는 모과나무와 미선나무가 뿌리를 내리고 있고 그 곁에는 계절꽃인 국화와 오색마삭이 가을의 봄처럼 피어 있다. 그림책방 통창 밖에서는 오렌지자스민과 애니시다가 매일 서향집의 햇볕을 듬뿍 받아먹는 중이다. 그늘진 뒤뜰과 비좁은 통로에 들어서면 단풍나무가 두 그루씩 늦가을의 전성기를 준비하고 있다. 실내에도 율마와 해피트리, 여인초, 피쉬본 그리고 선물 받은 화분들에서 식물들이 저마다의 크기와 속도로 자란다. 깜짝 발견하는 재미가 쏠쏠하도록 구석구석 아담한 다육이들도 숨겨놓았다.

첫서재 문을 열기 전까지는 이렇게 많은 식물을 한꺼번에 키워본 적이 없었다. 기껏해야 아파트 베란다에 서너 종의 식물을 놓아두었는데 대개는 크게 관심 두지 않아도 알아서 잘 자라는 것이었다. 바빠서 신경쓸 겨를은 없고 그래도 식물 몇 개 정도는 놔두는 게 좋을 것 같았기에 한 선택이었다. 그렇게 지내다가 갑자기 마당 있는 가게에서 스물세 종의 식물을 키우려니 여간 버겁지 않았다. 종류가 많다 보니 물 주는 걸 까맣게 잊는 일도 더러 생긴다. 그래서인지 까딱하면 푸르렀던 잎이 갈변되거나 갈라지기 일쑤다. 어떻게든 살 키워보려고 처음에는 스마트폰에 일일이 물을 준 날짜와 주기를 적어두었다. 그런데 전문가가 알려준 대로 꼬박꼬박 날짜를 맞춰 물을 주어도 금세 시들거나 썩는 경우가 많았다. 정답처럼 적어둔 노트를 원망스럽게 바라보며 도대체 뭐가 문제인지 고민하는 시간이 부쩍 늘었다.

그렇게 식물을 살리기 위한 사투를 벌인 지 꼬박 칠 개월째. 그사이 계절이 두 차례 바뀌었다. 이제는 눈물 머금고 버리는 식물도, 뜯어 버리는 잎의 개수도 확연히 줄어들었다. 아직 자신 있다고 말하기는 부족하지만 그래도 계절마다 어떻게 식물을 대해야 하는지 조금씩 배워가고 있다. 그리고 식물 키우기는 아이 키우기와 마찬가지로 정답이 없다는 진리도 받아들이기 시작했다. 예컨대 오렌지자스민과 애니시다는 일주일에 한두 차례 물을 주라고 되어 있었지만 서향집의 햇볕을 매일 정면으로 쬐는 자리에 놓였기에 그렇게 기한을 지켰다가는 말라죽기 십상이었다. 매일 한 차례씩 물을 주고 틈틈이 잎사귀에도 분무를 해주어야 푸른빛을 유지했다. 반대로 그늘진 자리에 놓아둔 여인초는 공식화된 주기대로 물을 주면 하나씩 잎이 물러서 썩어갔다. 습한 기운을 고려해 1~2주일씩 더 참는 게 나았다.

이렇게 물 주기를 조정하는 일 말고도 또하나 깨달은 진리가 있다. 말라죽는 식물보다 과습으로 죽는 식물이 훨씬 더 많다는 거다. 물을 깜빡하고 주지 않아 말라비틀어진 식물들은 줄기가 갈라지고 색이 변해 시체처럼 싸늘해졌다가도, 꼬박꼬박 물을 주기 시작하면 언제 그랬냐는 듯 되살아나는 경우가 많았다. 바람에 바스러지는 누런 이파리 더미 밑으로 기적처럼 푸른 잎이 돋아날 때면 마치 부활을 목도한 듯 신비로운 기분이 들었다. 그러나 물을 너무 많이 줘서 과습한 식물들은 한번 썩기 시작하면 돌이킬 수 없었다. 물 주는 주기를 늘려봐도 아예 안 주고 한참 기다려봐도 성한 상태로 돌아오지 못했다. 이파리만 썩으면 그나마 다행이었다. 줄기부터 물을 잔뜩 머금은 식물들은 뿌리째 흔들려 결국 버려야만 했다.

식물을 키워본 사람은 누구나 알 법한 이 단순한 진리를 이제야 체득한 건 어쩌면 부끄러운 일이다. 그래도 뒤늦게나마 얻은 깨달음으로, 일과 주변 사람에 대한 관계를 어떻게 설정해야 할지 느지막이 돌아보게 되었다. 식물에 물 주는 행위를 사람의 감정에 비유하면 '관심'일 것이다. 누군가와 사랑하고 연애를 시작하면 처음에는 서로에게 흠뻑 물을 주게 된다. 그러다 사랑과 관심을 구별해내지 못하는 시점부터 탈이 나기 시작한다. 지나친 관심을 사랑으로 포장하거나 착각해 상대를 옭아매고 이미 축축한 마음에 원하지 않는 물을 들이붓게 된다. 그렇게 서로에게 습해지면 그 마음은 좀처럼 다시 보송해지지 못한다. 갈구하는 마음은 뒤늦게라도 채울수 있지만 이미 질려버린 마음은 비워도 비워도 상흔이 남기 때문이다. 주변을 봐도 서로에게 관심을 덜 갖고 무미건조한 듯 사랑을 나누는 커플들이 도리어 생각보다 관계가 오래 지속되거나 뒤늦게 진득하게 깊어지고는 했다. 연애뿐 아니라 친구 사이도 그렇다. 옛 친구들을 떠올리면 한때 '베프'라고 자부하며 모든 것을 터놓고 진한 우정을 나누던 사이보다 도리어 적당히 거리를 두고 예의를 갖추며 만난 사이가 더 오래 곁에 남는 경우가 많았다.

식물을 잘 키우는 법에 정답은 없다지만 그나마 물 주는 주기를 가장 정확히 알아내는 방법에 대해서는 이제야 겨우 터득한 듯하다. 직접 흙을 만져보면 된다. 주변에서도 수차례 조언해줬지만 성실히 이행하기는 어려웠다. 화분 하나하나 흙을 덮은 자갈을 들춰내어 그 속의 흙을 문지르고 손까지 씻는 과정이 몹시 귀찮았기 때문이다. 게다가 흙을 만져봐도 이게 얼마나 마른 건지 가늠하기도 어려웠다. 그러나 결국 그 방법뿐이라는 사실을 시나브로 받아들이고 있는 요즘이다. 일일이 흙을 문지르고 마른 정도에 따라 물 주는 주기를 조금씩 달리 해가며 알아내는 수밖에 없다. 그렇게 주기를 매번 조정해주는 식물들은 거의 예외 없이 잘 자랐다.

일도 연애도 친구관계도 자녀교육도 마찬가지일 터이다. 식물에 물 주는 행위가 관심이라면 흙을 만져보는 행위는 사랑이다. 우리는 모든 관계에서 사랑을 주는 일과 관심을 쏟아붓는 것을 온전히 구별해야 한다. 사랑하는 사람의 마음도 모른 채 무작정 나의 관심을 퍼붓기보다 조금 시간이 걸리더라도 흙가루를 만지며 습한 정도를 구별해내듯 마음을 내밀하게 살펴보고 대응해야 할 터이다. 회사에서 내게 주어진 업무 역시 무작정 에너지를 쏟으며 밀어붙이기에 앞서 적당한 거리를 유지하며 일을 어루만지듯 다가서는 게 낫다. 그 적정선을 감지하는 게 도무지 어렵다면 차라리 과한 느낌이 들기 전에 조금 부족한 듯할 때 멈추는 게 낫겠다. 말라죽어가는 건 되살릴 수 있어도 과습해서 썩어버리면 돌이킬 수 없으니까. 식물도 인간도 그 무엇도,

내 진심부터
먼저 내어주기

기자로 오래 현장에 있었기에 이제껏 누군가를 인터뷰한 경험은 적지 않은 편이다. 물론 여전히 좋은 인터뷰어의 조건이 뭔지 그런 게 있긴 있는지 잘 모르겠다. 그래도 그간의 경험을 통해 적어도 나만의 기준은 어느 정도 세울 수 있었다. 간결하게 질문하기. 상대의 말이 끝날 때까지 숨죽여 듣기. 아는 얘기 나왔다고 흥분하지 않기. 그리고 대화 사이의 공백을 어색해하지 않기. 상대가 생각하는 동안에 도와준답시고 다른 말을 덧대지 않기. 그밖에 눈을 맞추는 것도 인터뷰이의 리듬에 맞게 질문을 던지는 타이밍도 중요할 터이다.

이렇게 많은 기준을 지킨다고 해도 인터뷰는 늘 어렵고 끝나면 아쉬움이 남는다. 예기치 못한 때 이야기가 새롭게 전개되거나 아예 문이 닫혀버리는데 그 순간을 가늠할 역량이 아직 부족한 탓이다. 지난여름 다락방에 머물렀던 손님 A와 인터뷰를 나눌 때였다. 이런저런 대화가 오가다 별생각 없이 '애인 있어요?'라고 물었다. 손님 A는 고개를 끄덕이면서 '언젠가 꼭 같이 놀러오겠다'고 말했다. 애인 애기를 꺼내는 찰나 A의 눈빛은 반짝였다. 사랑하는 사람에 관한 빛나는 자부심이 내게 어렴풋이 전달되는 듯했다.

"좋지요. 계절이 바뀌면 남자친구랑 언제든 놀러오세요."

나는 웃으며 말한 뒤 다른 대화 주제로 자연스럽게 넘어갔다. 한두 시간가량 더 말이 오간 뒤 자정이 넘어서야 인터뷰는 마무리되었다.

이틀 뒤, 손님 A는 아침부터 친구 한 분을 데리고 왔다. 같은 학교 친구라며 내게 인사시킨 뒤 온종일 그림책방 창가자리에 함께 앉아 책을 읽고 글을 썼다. 여덟 시간이 꼬박 지나 가게 문을 닫을 무렵에야 두 사람은 일어났다. 마침 체크아웃하는 날이었던 손님 A는 내게 다락방 열쇠와 북스테이 방명록을 건넨 뒤 떠났다. A가 남긴 방명록을 천천히 읽어내리다, 어느 구절에서 나는 잠시 얼어버렸다.

서재지기님. 제가 오늘 첫 손님으로 데리고 온, 지금 제 옆에 앉아 있는 친구는 제가 인터뷰하던 밤 '언젠가 꼭 같이 오겠다'고 말씀드린 친구예요…… (중략) 저는 어릴 적부터 성 지향성에 대한 고민을 해왔어요. 사회적 시선이 어떤지 진작에 깨달은 탓에 비밀이 많은 사람으로 보여지고는 했고 제 이야기를 솔직하게 꺼내지 못하게 됐어요. 늦은 밤까지의 대화에서 나몽님의 "애인 있어요?"라는 조심스러운 듯한 질문에 왠지 소개해드리고 싶다는 생각이 들었고, 서재지기님이 칭하는 사람이 '애인'에서 '남자친구'로 변했을 때…… (중략) 혼자 재밌어하며 다음을 기약했어요.

머리를 쿵, 하고 한 대 맞은 느낌이었다. 두 분 다 여성이었기에 애인 사이라고는 생각하지 못했던 게 사실이다. 십여 년 전 비슷한 실례를 범한 뒤로는 이성친구라는 말 대신 '애인'이라는 말을 쓰려 애써왔는데 어제 인터뷰를 하면서 나도 모르게 지칭이 바뀌었나보다. 내가 그렇게 칭하는 순간, 더 깊을 수 있던 우리 대화의 한 세계는 닫혔을 것이다. 아마 손님 A는 내게 조금은 실망했거나 조심스레 품은 기대를 철회했을지 모른다. 그는 비슷한 질문을 종종 받으며 일상적으로 작아지거나 상처받으며 살아왔을 테니까. 죄송스러운 마음을 넘어 인터뷰어로서 나는 실격이었던 셈이다.

또다른 손님 B와 인터뷰하던 밤도 잊지 못한다. 인상과 목소리가 밝고 명랑하던 손님 B는 자기만의 꿈을 향해 착착 나아가는 똑부러진 청춘처럼 보였다. '부모님이 지병으로 오래 앓았다'고 지나가듯 던진 얘기에도 삶의 거대한 변곡점은 아닐 거라 예단하며 흘려 넘겼다. 사랑받고 자란 사람만의 맑은 기운이 말투와 표정에 폭 서려 있었기 때문이다. 그래서 그의 과거보다는 미래에 관한 설계를 궁금해하는 쪽으로 얘기가 더 오갔던 것 같다. 그렇게 인터뷰를 마무리지을 즈음 문득 묻고 싶었다.

"B님은 결핍이 있나요?"

혹시, 하는 마음에 던진 질문이었다. 마냥 밝고 똑소리 나는 사람에게도 채워지지 않는 무언가가 있을지 모르니까. 밑도 끝도 없이 추상적인 질문이었기에 큰 기대를 품은 것도 아니었다. 그런데 그 질문 이후 손님 B가 풍기는 기운이 완연하게 달라졌다. 조금씩 말의 속도가 줄었고 생각에 잠겨 있는 시간이 늘었다. 어느덧 속내를 꺼낸 그의 눈가엔 그렁그렁 눈물이 맺혔다. 그는 청소년 시절부터 부모와 동생이 몸과 마음의 병을 차례로 겪으면서 홀로 가정을 지키고 일으켜야 한다는 책임감을 등에 짊어진 채 살고 있었다. 그걸 감당할 수 있는 가족구성원이 자신밖에 없었기 때문이란다. 뭐든 부풀어오를 나이에 삶의 중력을 잔뜩 감당해야 했던 상황은 여전히 유효하고 앞으로도 나아지지 않을 것 같아서 두렵다고 그는 말했다. 나는 변변찮은 위로조차 덧대지 못하고 한참 숨죽여야 했다. 곧 끝내자던 우리의 이야기는 그후 두 시간이 더 흘러서야 매조지었다. 조금 더 일찍 그에게 결핍에 관해 물어봤더라면 어땠을까? 마냥 또랑또랑해 보였던 그의 표정을 예단하지 않고 그 너머의 다른 얼굴을 궁금해했더라면?

두 사람과의 인터뷰에서는 늦게나마 깨닫기라도 해서 다행이다. 더 들을 이야기가 있는 것 같은데 어디서부터 시작해야 할지 몰라 끝내 듣지 못했던 순간들, 더 할 얘기가 남아 있는 눈빛을 어떻게 꺼내야 할지 몰라 포기했던 순간들도 적지 않았다. 시간도 깜냥도 부족했던 밤들. 아마 내가 성숙한 인터뷰어였다면 그 밤들은 더 서둘러 깊어졌을 것이다. 내 맞은편에 앉았던 이들의 시간도 덜 낭비되고 더 귀중해졌을 것이다.

그들이 내게 더 쉽게 이야기를 터놓을 수 있도록 하는 열쇠는 무얼까? 제한된 시간 내에 누군가의 진심에 가장 가까이 가닿는 지름길이 있을까? 아마 수백 번 누군가를 인터뷰해도 더 많은 기준을 깨닫고 정교하게 사전 준비를 해도 결국 정답을 찾지는 못할 것 같다. 누군가의 진심을 꺼내는 일이란 경험이나 기술의 차원을 넘어선 무언가가 더 필요하기 때문일 게다. 대화 너머의 교감이 충분히 오가야 할 테고 또 내가 상대에게 그만큼 신뢰받을 만한 사람이어야 할 것이다. 짧은 시간에 그런 교감과 신뢰를 얻는 일은 끝끝내 버거운 숙제일 것만 같다. 한편으로는 상대에게 진심을 내어달라고 채근하기에 앞서 내가 과연 들을 준비가 되었는지도 늘 의심스럽다.

그저 지금으로서는, 시간을 내어주는 고마운 이들을 위해 지금 할 수 있는 일이라도 해야겠다고 다짐할 뿐이다. 그들이 진심을 터놓기를 바라기에 앞서 내 진심부터 먼저 내어주기. 나의 부족함과 속셈을 가리지 않고 투명하게 드러내기. 몸은 마주보며 얘기를 들을지라도, 함께 있는 순간만큼은 나란히 같은 방향과 같은 하늘을 바라보기…… 솜씨 좋은 인터뷰어가 아니라도 지금 당장 품을 수 있는 자세들이다. 타인을 향한 애정과 겸손은 배운다고 느는 게 아니니까.

이번주에도, 다음주에도 다락방에는 손님이 찾아온다. 그들은 저마다 조심스럽게 이야기를 품고 온다. 이번주에는 십오 년 넘게 방송작가를 하다 새로운 삶을 모색하기 시작한 손님이 다락방에 머물다 떠났다. 다음주에는 작사가를 꿈꾸는 청년이 다락방을 찾는다. 그들이 기꺼이 내어줬거나 내어주기로 한 밤이 한숨도 헛되지 않았으면 한다. 그들의 진심을 꺼내는 일에는 기술적 역량도 필요하겠지만 그게 전부는 아니라고 믿으며 다가올 밤들을 준비하고 싶다. 그런 날들이 하루하루 쌓여가면서 조금씩 더 좋은 인터뷰어가 되어가고 싶다.

다락방 손님은 떠나고
고래는 남았다

첫서재 화장실에는 고래 한 마리가 산다. 바다도 아니고 세숫대야
도 아니고 내 손바닥보다 작은 아이보리빛 광목천 속에 산다. 화장
실 문을 열 때는 보이지 않지만 누구나 볼일을 보고 나갈 때면 배가
둥그렇고 등이 연푸른 고래 한 마리를 마주치게 된다. 더러운 것들
을 몸 밖으로 흘려보낸 뒤 잠시나마 빈 속에 바다를 채우라고, 키 작
은 어른 눈높이에 매달아두었다.

'임선자' 작가님이 잉태했다고 쓰인 이 고래는 제주의 외딴 동네 공
천포에서 데려왔다. 짙푸른 서귀포 바다가 훤히 내다보이는 카페 창
가에 대롱대롱 매달려 있던 녀석이다. 이름도 멋진 '요네주방'이라는

카페 겸 식당 그리고 잡화점이었다. 지금의 첫서재보다도 몇 평은 더 작아 보이는 소담한 가게였는데 제주도 촬영을 다녀오다 우연히 들렀다. 네 명의 회사 동료와 함께 인근 공천포식당에서 제주식 물회를 먹고 돌아오는 길이었다.

들어서자마자 공간의 귀한 기운에 속절없이 빨려들어 우린 업무도 잊고 가게에서 따로 또 같이 한참을 머물러야 했다. 이름은 주방이지만 내부에는 '요네상회'라는 방이 따로 마련되어 작고 사랑스럽고 시간이 잔뜩 묻은 소품들을 팔고 있었다. 진열된 페이퍼 매거진 과월호를 몇 권 산 뒤 커피를 들고 자리에 앉아서야 비로소 고래가 눈에 담겼다. 갖고 싶다는 생각에 한참 시선을 내어주다 이내 포기. 값은 적당했지만 왠지 그 고래가 걸려 있는 곳은 푸른 바닷가여야 할 것만 같았다. 물론 누군가에게 팔리기 위해 걸려 있었겠지만 왠지 주인은 내가 아닐 것만 같았다. 어쨌든 짧은 만남 뒤로 우리는 헤어졌다.

해가 바뀌고 겨울이 찾아왔다. 첫서재 문을 열기 전에 회사 동료들이 집들이라도 해야 한다며 방문해주었다. 우린 지난 일 년간 전국을 누비며 함께 취재를 다녔기에 일 같이 하는 사이 이상의 어떤 관계가 되어 있다고 믿었다. 가을 내내 폐가를 고쳐 만든 나만의 공간을 그들에게 먼저 자랑하고 싶었던 까닭이다. 그림책방에 옹기종기 모여앉아 수다를 떠는데 카메라기자 S선배가 문득 두툼한 손을 내밀었다. 그 손에는 고래가 들려 있었다. 함께 공천포에서 봤던 그 고래. 일 년 전 가을, 요네주방에서 머물던 내 시선을 그는 기억해주고 있었던 것이다. 그렇게 등푸른 고래는 바다를 떠나 첫서재에서 화장실 습기와 손님들의 개운한 눈빛을 먹으며 살기 시작했다.

그날 이후 고래와 나는 하루 중 가장 자주 마주치는 사이가 되었다. 아침 청소부터 시작해 하루에도 몇 차례는 화장실 문을 여닫아야 했으니까. 시도 때도 없이 만나니 부질없이 정도 들었는지 가끔은 그 녀석이 좀 딱해 보이기까지 했다. 창밖의 푸른 바다만 보며 살다가 졸지에 비좁고 냄새나는 화장실에 갇히게 됐으니 오죽 답답할까. 반대로 나는 그 녀석을 볼 때마다 공천포의 추억을 떠올리며 소박한 위로를 얻고 있으니 우린 참 불균등한 관계인 셈이었다.

그러던 그제 밤. 보기만 해도 미안하던 광목천 속 고래는 두 인간의 대화 어디쯤에서 다시 소환되었다. 공천포의 기억을 다른 시차에서 공유한 손님이 다락방에서 나흘을 머물게 된 까닭이다. 가게 주인장과 손님으로 이야기를 나누다가 그가 공천포 바다 앞에서 지난 겨우내 살았다는 이야기를 듣게 되었다. 처음엔 제주 어디서 살았어요, 했다가 어디냐고 물으니 작고 먼 동네라 잘 모르실 거예요, 했다가 공천포라는 곳인데……라는 말이 나오는 순간 주제넘은 반가움이 덮쳤다. 그의 기억 속에도 요네주방이, 공천포식당의 제주식 물회가, 돌담이 쌓인 짙푸른 바다가 살아 있을 것이었다. 우리는 같은 공간에서 다른 시차를 오가며 늦은 밤까지 그리움을 나누었다. 물론 그의 그리움은 반나절 머물렀던 나와는 비교할 수 없을 만큼 커다랗고 짙어 보였다. 고래가 바라보며 살던 시푸른 바다만큼이나.

대화를 마치고 집에 돌아와 눕자마자 문득 궁금해졌다. 요네주방. 이 녀석의 고향인 그곳은 안녕할까. 출장중 잠시 몸을 녹였던 늦가을의 고재 탁자, 반쯤 썩은 나무 선반 위 알록달록 작고 귀중한 소품들, 창밖에 액자처럼 걸린 바다와 보헤미안처럼 차려입고 있던 주인장의 기품이 불현듯 떠올랐다. 얼른 어둠 속에서 스마트폰을 찾아 들어 검색을 해봤다. 벌써 스무 달 전의 기억이니 그사이 새로운 손님들이 찍어둔 사진들이라도 올라와 있진 않을까, 하는 마음에. 그리고 춘천엔 없는 바다가 그리운 마음도 덜컥 일었기에.

'데이터가 삭제되었습니다.'
기대와는 달리 폰 액정화면에는 업데이트된 사진 대신 차가운 문구 한 줄만 달랑 떴다. 분명히 지도앱에 저장해두었는데 없어졌다니. 부랴부랴 블로그 검색도 해봤지만 몇 달 전부터는 후기 글조차 보이지 않았다. 문을 닫은 모양이었다. 움푹 파인 마음 웅덩이에 순식간에 잡다한 물음표들이 고였다. 코로나로 제주는 사계절 극성수기라던데 왜 문을 닫아야 했을까. 섬의 인기가 이런 한적한 마을의 작은 가게까지 지켜주지는 못한 걸까. 지켜주긴커녕 해쳤을까. 아니면 주인장의 다른 속사정이라도 있었으려나. 그 자리, 그 창가는 지금 누구의 체온과 시선이 머물다 가거나 고여 있을까.

이튿날. 다락방 손님은 떠나고 고래는 남았다. 작별 인사를 나누기 전 잠시 고민이 들었다. 나보다 공천포를 더 그리워할 그분의 손에 선물로 쥐여드릴까. 어차피 내년 가을 첫서재의 문을 닫고 나면 쓸모없어질 녀석이니까. 그러다 이내 생각을 접어두기로 했다. 다시 오겠다는 그분의 말 때문이었다. 재즈 뮤지션을 꿈꿨던 그는 삼 년 동안 생업을 위해 웹디자이너로 일하다, 모두 접고 음악의 길로 되돌아가기로 결심한 터였다. 그 길의 시작에서 용기와 쉼을 얻고 싶다며 첫서재 다락방을 찾았다. 그는 첫서재가 문 닫는 내년 가을 전에, 동료 뮤지션들과 함께 작은 연주회를 하러 오겠다고 약속했다. 그렇게 문 닫는 날짜를 자신의 스마트폰 캘린더에 꾹꾹 눌러 저장해두었다. 그의 말을 믿어보기로 했다. 지켜질 약속일진 모르지만 그걸 확인하기 전까지는 상상만으로도 행복할 테니까. 그가 마지막으로 첫서재를 찾는 날, 이 고래를 건네드리자고 생각했다. 아마 내 손에 처음 이 녀석을 안겨주었던 선배도 웃으며 이해해주겠지.

저녁 일곱시, 가게 문을 닫을 무렵. 화장실 청소를 마치고 역시나 고래와 마주쳤다. 고래의 등허리는 왠지 어제보다 한 뼘 더 푸르러진 듯했다. 아마 새로운 추억이 한 겹 더 포개어졌기 때문일 거야, 라고 추측도 해보았다. 먼바다에서 머물던 나의 시선을 아껴준 회사 동료와, 공천포의 밤을 서재에 묻혀두고 떠난 손님과, 지금은 사라진 정겨웠던 요네주방의 기억이 겹겹이 덧대어진 등푸른 고래 한 마리. 앞으로는 가끔 화장실에서 꺼내어 산책이라도 시켜줘야겠다는 우스운 생각으로 하루의 문을 닫았다. 공천포 시푸른 바다만큼은 아니어도 샛초록이 물든 여름밤의 약사리 마을과 그 위로 솟아오른 성당 첨탑이라도 말이지. 그러다보면 나와 너 사이엔 또 잊지 못할 추억들이 여름 이불처럼 포개어질지도 모르니.

둘 다 사라질
운명인 거지

추위가 가시지 않은 환절기였다. 회사에서 오랜 시간 함께 일했던 선배 S가 예고도 없이 멀리서 찾아왔다.

"혹시 버리는 종이상자 있어?"

오자마자 대뜸 묻더니 재활용 바구니에서 종이상자 한 면을 쭉쭉 뜯어가지고는 독립서재로 들어갔다. 멀리서 힐끔힐끔 바라본 선배의 뒷모습은 내내 분주했다. 몇 시간이 지났을까. 문을 열고 나온 그의 손에는 갓 완성한 작품 한 점이 들려 있었다. 첫서재의 풍경 사진을 조각내어 인쇄한 뒤 종이상자 위에 모자이크처럼 붙여 만든 작품이었다.

"와…… 이런 건 처음 봐요."

"영수증 용지에 사진도 인쇄할 수 있더라고. 영수증 잉크는 시간이 지나면 휘발하잖아. 이 작품도 같은 잉크를 썼으니까 점점 희미해지다가 결국 종이만 남고 다 사라질 거야. 시한부 작품인 셈이지."

아마 첫서재 문 닫을 때쯤에는 거의 없어지지 않을까, 둘 다 사라질 운명인 거지, S는 말했다. 평소 이런 류의 작품을 만들어보고 싶었는데 불현듯 이곳이 떠올랐다며.

S는 늦은 밤 떠났다. 카운터 한쪽 벽에 그가 선물하고 간 작품을 걸어두었다. 매일 글을 읽거나 쓸 때 쳐다보며 앉아 있는 벽 쪽이었다.

오늘 하루,
세 차례의 호의

아마 오늘은 손님이 거의 오지 않을 거야, 라고 오후 두시쯤 생각했다. 코로나 확진자가 육 개월 만에 천 명이 넘었던 날. 춘천은 비교적 확산세가 약해졌지만 여전히 거리두기 삼 단계를 유지하고 있었다. 게다가 하늘까지 잔뜩 흐려 언제 비가 내릴지도 몰랐다. 평소 주중에는 오후 한두시면 첫 손님이 찾는데, 오늘은 한 분도 발걸음하지 않았다. 오후 두시가 넘을 무렵부터는 어쩌면 아무도 가게를 찾지 않는 첫날이 될지도 모른다는 생각이 들었다. 그런 경험도 나쁘진 않지, 라고 혼잣말도 해보면서.

다행인 건지 두시 반이 조금 넘어서 가게 문이 처음 열렸다. 갓 학생 티를 벗은 듯한 건장한 체격의 손님이었다. 언덕배기 가게에 오느라 힘들었는지 이마에는 땀이 송골송골 맺혀 있었다. 압도적인 덩치와는 달리 섬세한 목소리로 아이스 아메리카노를 주문한 뒤 글책방 창가에 자리를 잡고 앉았다. 그뒤로 한 시간이 넘도록 우리 둘은 제 역할로 서재의 오후를 채웠다. 나는 그저 책을 읽고 글을 쓰면서 이따금 직감으로 그가 좋아할 만한 노래를 골라 틀면서 시간을 흘려보냈다. 오후 네시가 넘어도 새로운 손님은 나타나지 않았다. 그즈음부터는 그가 오늘 나에게 매우 특별한 손님이 될 거라고 믿기 시작했다. 그 믿음은 갓 피자마자 지고 말았는데 이윽고 가게 문이 또 열렸기 때문이다. 이번엔 커플로 보이는 손님 한 쌍이었다.

그 이후부터는 참 이상한 일이 일어났다. 결과론이지만 오늘이 신기한 날이 될 거라는 징조였는지도 모르겠다. 커플 손님이 오고 난 오 분 뒤에 또다른 손님 두 분이, 몇 분 뒤에는 새로운 손님 한 분이, 그러고는 얼마 지나지 않아 또다른 손님 두 분이 연이어 가게 문을 열고 들어왔다. 어느새 가게는 단 한 자리만 빼놓고 가득찼다. 오후 다섯시가 다 된 시각치고는 이례적인 풍경이었다. 평소에는 앉아있던 손님들도 하나둘 떠나고 나 혼자만 차지하는 늦오후였으니까.

이십여 분 뒤, 마지막 빈자리의 주인공이 가게 문을 열었다.

"어서 오세……"

요, 를 하기 위해 오므려지던 입술이 금세 양 옆으로 길쭉해졌다. 반가운 얼굴. 석 달 전 첫다락에서 사흘간 머물다 떠난 손님이었다. 떠난 뒤에도 왠지 계절이 바뀌면 한번 더 오실 것 같아, 라고 근거 없이 생각했는데 정말로 계절처럼 옷을 갈아입고 불쑥 찾아왔다.

"서울에서 이 늦은 시간에 갑자기 오신 거예요?"

"쉬는 날이어서요. 책 읽으려고 왔어요."

마스크로 가려지지 않는 반가운 미소가 담긴 광대와 눈주름, 기억에도 또렷한 어눌한 말투가 좋았다. 장마철이지만 비를 싫어해서 비 오지 않는 날을 골랐다는 손님. 조금 불안하고 돈을 덜 벌더라도 좋아하는 그림을 계속 그리며 살겠다던 스물몇 살의 화가 손님이었다. 어떻게 지냈냐며 수다를 떨고 싶었지만 다른 손님들도 있었기에 일단 음료와 자리부터 조용히 내어드렸다.

얼마나 지났을까. 한 손님이 카운터 앞으로 왔다. 꽤 젊어 보이는 여성 손님이었다. 표정을 살피기 무섭게 손잡이가 달린 종이백 두 개를 건네주었다. 손님에게서 신용카드 혹은 현금만 받아온 카운터 자리였기에 종이백이라니 다소 의아했다. 눈을 둥그렇게 뜬 나에게 손님이 수줍은 말을 건넸다.

"첫서재 백일 뒤늦게 축하드려요."

백일. 그리고 보니 오늘 아침 예기치 않은 소포 한 상자가 가게에 도착했다. 뜯어보니 제주에서 갓 따온 귤들이 가득 담겨 있었다. 발신인은 서울에 사는 직장 동료였다. 첫서재 개업한 지 백일 정도 지난 것 같아서 한 상자 보냈단다. 그게 고맙고 자랑스러워서 SNS 계정에 올려두고는 '오늘 손님들에겐 뒤늦은 백일 맞이 귤을 하나씩 드릴게요'라고 공언해놓았다. 지금 내 앞의 손님도 그걸 보고 오셨을 텐데 작은 귤 하나 받는 대신 묵직한 종이백 두 개를 내민 거다.

"직접 만든 바질토마토청이에요. 탄산수랑 섞어 드시면 맛있을 거예요. 다른 하나는 케이크 만들어본 건데 너무 오랜만에 와서 죄송한 마음에 뒤늦게라도 축하드리려고……"

축하한다니. 죄송하다니. 직접 만들었다니. 내가 들을 자격이 있는 말들인가 싶었다. 그저 감사하다는 대답 외에는 어떤 말도 덧대지 못했다. 종이백 손잡이에는 두 살배기 아기 손바닥 크기의 쪽지가 붙어 있었고 꾹꾹 눌러쓴 손글씨가 정갈하게 담겨 있었다. 곱씹어 읽은 뒤 카운터 앞 흰 벽에 붙여두었다. 벽에는 누군가의 손글씨와 즉석사진들이 곱게 쌓여가고 있었다.

한 시간이 지났을까. 가게 문을 닫을 시간이 가까워왔다. 선물을 건네준 손님도 떠나고 다른 손님들도 하나둘 떠났다. 이제 가게에는 함께 오셨던 두 분의 손님과, 다락방에 머물렀다 다시 찾아온 한 분의 손님밖에 남지 않았다. 먼저 일어난 이는 함께 온 두 분이었다. 카운터로 오시기에 결제를 하려나 싶었는데 주섬주섬 무언가를 꺼내 들었다.

"화장실에 산다는 고래 글, 잘 읽었어요. 고래한테 친구가 필요할 것 같아서요."

그의 손에는 두 장의 엽서가 들려 있었다. 저마다 다른 모양의 고래가 살고 있는 엽서들. 좋아하는 일러스트 작가가 그린 고래라며, 글에서 만난 첫서재 화장실의 고래와 잘 어울릴 것 같아 구해왔다고 했다. 광목천에 그려진 고래에게 친구가 필요할 것 같다고 생각하는 어른을 나는 왜 여태껏 만나지 못했을까. 이번에도 마음을 표현할 길을 찾지 못해 갈팡질팡했다. 어색하지 않으려 무슨 말을 계속 꺼내긴 했는데 기억은 또렷하지 않다. 머릿속이 그저 잠시 멍해졌던 것 같다.

손님이 떠나자마자 화장실로 가서 두 장의 엽서를 고래 옆에 붙여보았다. 종이 엽서라 습한 화장실에서 버텨낼지 걱정이 들긴 했지만 버텨내지 못할 때 떼어내 옮겨두면 그만일 터였다. 그때까지라도 고래의 외로움을 달래주는 게, 자기 가게도 아닌 화장실의 고래 그림까지 생각해준 손님 마음에 가까울 것 같아서.

어느새 문 닫을 시간이었다. 한때 다락방에 머물렀던 마지막 손님이 자리를 정리하고 카운터 앞으로 왔다. 이제 우리밖에 남지 않았기에 소리 내 반가워해도 되는 시간이었다. 다락방에 오셨을 땐 봄이었는데 지금 여름이네요, 그동안 어떻게 지냈어요, 그림은 잘 그려지나요, 첫서재는 그때보다 북적이네요, 같은 다정한 안부가 오가다 문득 자랑하고 싶어졌다.

"저 오늘 이름 모를 손님 두 분한테 선물 받았어요. 첫서재 백일이라고요. 화장실 고래가 외로워 보인다고요. 신기하죠?"

주절거리다 문득, 나의 시선이 그의 두 손을 따라 흘러내렸다. 좁고 가는 손등이 반대쪽 손에 들린 가방에서 무언가를 주섬주섬 꺼내 들고 있었다.

"저도……"

어느새 그의 손에서 마법 상자처럼 줄줄이 무언가 꺼내져 나왔다. 손뜨개로 만든 나무 빛깔 에코백, 가족이 구웠다는 쿠키 두 조각, 직접 담근 오디술, 루미의 시가 활자로 갓 인쇄된 엽서 한 장. 다락방에 머무는 동안 두 시간 남짓 이야기를 나누면서 '손으로 이것저것 만드는 걸 좋아한다'고 했던 그의 말이 문득 떠올랐다.

"에코백 색깔이 첫서재 책장을 닮았네요."

"왠지 그림책지기님이 이 색을 좋아하시는 것 같았어요."

"오 년 뒤에 주셔야지 벌써 주시면 어떡해요. 이거 다 주시면 숙박비 하고도 남을 텐데……"

"이거 숙박비 아니에요. 생각나서 만들어본 거예요. 숙박비는 나중에 다른 걸로……"

오 년 뒤에 받기로 한 첫다락 숙박비를 너무 일찍 받은 것 같아 무섭고 떨리다가, 아니라는 말에 안도하다가, 안도할 게 아니라 그렇다면 너무 받기만 한 것만 같아 또 마음이 어쩔 줄 모르다가, 아무튼 그랬다. 거듭 고맙다는 말밖에 할 수 없었지만 마음속에서는 언어로 표현되지 못한 것들이 웅성였다. 먼 데서 이 작은 가게를 생각해주고 있었구나. 못 보는 사이에도 궁금해해주었구나. 이어져 있었구나.

퇴근길. 마지막 손님과 간단한 저녁식사를 마친 뒤 남춘천역까지 태워드렸다. 고작 두 시간 여기 머물기 위해 서울 은평에서 춘천까지 와준 사람. 다음엔 꼭 연락하고 오세요, 그럴게요, 같은 말들이 밤의 기차역 맞은편에서 오갔다. 차 문을 닫고 돌아선 그의 뒷모습을 조금 지켜보다가 집으로 운전대를 돌렸다. 차 뒤에 타고 있던 여덟 살 아들 녀석이 조심스레 말을 꺼냈다.

"저분, 되게 좋은 분 같아."

"응……"

씻고 누운 밤. 잠이 쉬 들지 않을 거라고 생각했다. 문득 궁금해졌다. 내게 이런 하루가 있었을까? 전혀 모르거나 단 한 번 본 사람들에게 받은 세 차례의 호의. 그것도 고작 한두 시간 사이에. 곰곰이 지난 날을 되감아보다, 오늘 받은 것들의 낯선 질감을 머릿속에서 만져보다, 그들의 주섬거리던 손등을 떠올리다 당최 가라앉지 않는 마음을 일상으로 되돌리려 할 수 있는 일부터 하자고 생각했다.

스며드는 피곤을 침대에 묻혀두고 일어나 블루투스 키보드를 켰다. 마음이 둥둥 부유할 때마다 늦지 않게 활자로 붙잡아두는 일. 아마 내일 아침은, 오늘보다 조금은 더 일어나기 싫을 것이었다.

유리는
그래도 닦인다

첫서재에서의 일과 중 가장 지루한 작업을 꼽으라면 유리창 닦기일 것이다. 아침 청소시간마다 적어도 십 분가량은 유리창을 닦아내는 데 쏟는다. 가게를 통창으로 리모델링한데다 독립서재까지 유리로 둘러싸여 있으니 일단 닦아낼 면적부터 넓다. 게다가 바닥 걸레질 같은 다른 청소는 팔을 아래로 내린 채 움직이는 데 비해 유리창닦기는 중력을 거슬러야 하므로 힘에 더 부치는 편이다. 섬세한 반복 동작이 많아 손목에도 자주 무리가 간다. 이렇게 불편한 점이 많은 주제에 유독 비효율이기까지 하다. 아무리 정성껏 닦아내도 손님이 손잡이가 아닌 유리 표면을 밀며 가게에 들어오면 애써 닦아낸 노력이 헛일이 되는 탓이다. 비가 조금만 내리거나 먼지가 심한 날에도 마찬가지다. 한참을 닦은 유리가 단 몇 분 사이에 금세 더러워지는 모습을 지켜보면 그저 허탈하기만 하다.

유리창을 닦아내며 가장 신경이 곤두서는 순간은 파리똥을 벗겨낼 때다. 언제 머물다 떠났는지 하루만 지나도 하얀 소금 같은 자국들이 투명한 유리 표면에 다닥다닥 붙어 있다. 하루 안에 발견해내면 그나마 다행이다. 며칠 놔두었다가 닦으려 하면 그사이 바싹 말라붙어 헝겊으로는 좀처럼 닦이지 않는다. 결국 일일이 손톱으로 긁어낸 뒤 유리에 묻은 손톱자국을 헝겊으로 닦아내고 손까지 씻는 삼중 작업을 반복해야 한다. 어떤 계절에는 그런 파리똥이 유리창마다 수십 군데씩 붙어 있다.

그런데 참 신기하게도 그런 유리창을 닦아내며 늘 양가적인 감정에 휩싸이곤 한다. 가장 지루하고 힘든 작업이면서 동시에 가장 맑은 기분을 선사하기 때문이다. 그 이유를 정교하게 짚어내긴 어렵지만 아마 유리만의 투명한 물성이 마음속에서 비슷한 감성을 이끌어내는 게 아닐까 싶다. 더러운 벽은 닦아도 벽이고 지저분한 바닥은 치워도 바닥이다. 하지만 유리는 닦고 나면 바깥 공간과 실내를 눈에 띄게 투명하게 이어준다. 벽인데 막혀 있지 않다고 느껴지는 벽이랄까. 그래서인지 유리를 닦아낼 때마다 바깥세상과 소통하고 있다는 상쾌한 착각이 들곤 한다. 때를 벗기면 서로에게 투명해질 수 있다는 믿음을 눈앞에서 증명해주는 것만으로도 보통 청소와는 다른 차원의 만족감을 선사하는 것이다.

또한 유리창 닦기는 비효율을 온전하게 체감하는 시간을 선물해주기도 한다. 효율적인 무기로 길러지던 시절의 가장 반대편에 닿아 있는 작업이라고 해야 할까. 쉽게 더러워지면 어렵게 닦아내는 더딘 과정을 매일 반복하면서 어느새 효율 따위 잊고 사는 스스로에게 뜻 모를 격려의 인사를 건네는 기분이 든다. 거기에 누군가 깨끗이 닦인 유리를 말없이 바라봐줄 때 얻는 무언의 행복은 덤이다. 귀찮은 작업인 줄 알면서 시간을 쏟아붓는 정성을 누군가 알아봐준다는 것. 그 마음은 대개 말로 표현되지 않기에 늘 분명치 않지만, 그 시선을 감지하는 순간만큼은 고된 노동의 보람이 아침 공기처럼 폐에 스민다.

마지막으로, 유리는 그래도 닦인다. 그동안 닦이지 않는 것들을 닦아내려 애쓴 적이 얼마나 많았는지. 특히 지나온 시간에 버려두지 못한 채 주렁주렁 달고 사는 죄의식, 수치심, 질투 같은 감정들이 그렇다. 그런 마음의 때 같은 감정들을 유리창을 닦아내며 종종 보듬거나 어르고는 한다. 좀처럼 닦이지 않아 더러워진 채 방치된 마음도 언젠가는 이 유리창처럼 닦이기를, 하고 마음으로 읊조리며 헝겊질을 해대는 식이다. 쉬운 작업은 아니지만 결국에는 투명한 본질로 돌아가는 유리를 보며 대리만족을 느끼는 걸지도 모르겠다. 어쨌거나 괴롭지만 맑은 착각의 시간이다.

돈을 얼마큼
벌겠다는 게 아니라

　서재 손님들이 모두 떠난 밤. 다락방 손님 J와 찻잔을 사이에 두고 마주앉았다. 아마 지난여름이 끝나지 않았을 무렵이었을 것이다. 그는 수의대생이었다. 어렸을 적 또래 아이들이 로봇이나 공룡에 심취할 때 야생동물에 빠지기 시작한 이래 어른이 되어서도 헤어나오지 못하고 있다고 했다. 야생동물을 연구하려 조류학과에 입학했다가 방향성의 차이를 느끼고 수능을 다시 봐서 수의대에 들어갔단다. 동물병원 의사가 되거나 공중보건의의 길을 걸으려 하는 대부분의 동료들과 달리 그는 야생동물에 관한 연구를 평생 하면서 살 거라고 했다. 그가 첫다락의 문을 두드린 이유는 엉뚱하게도 SF소설을 구상하기 위해서였다.

"멸종되어가는 동물을 복원하고 방생하는 일의 필요성을 대중에게 알리고 싶은데 아무리 뛰어난 연구논문을 발표해도 아무도 읽어주지 않을 거잖아요. 그래서 과학에 기반하지만 따뜻한 SF소설을 써서 사람들에게 야생동물의 중요성을 환기하고 환경을 보호하려는 마음을 불러일으키고 싶어요. 평소 SF를 좋아하기도 했고요."

그는 첫서재 공간이 좋아서 그런지 어젯밤 새로운 시나리오가 떠올랐는데 들어보겠냐며 대강 구상한 소설의 얼개를 읊기 시작했다.

J를 만나기 몇 달 전, 첫서재 앞마당에 라일락꽃이 무르익을 무렵에는 댄서 S가 나흘간 다락방에 머물렀다. S는 스물일곱 살부터 정식으로 춤을 배우기 시작한 늦깎이 댄서였다. 대학을 졸업하자마자 엉망이 된 집안의 송사를 자식된 책임감으로 해결하느라 몇 년을 허비한 뒤 문득 춤이 배우고 싶어졌다고 했다. '뭐 먹고 살지?'라는 고민에 대한 대답은 '그냥 제일 하고 싶은 거 하자'였단다. 동네 방송댄스 학원에 무작정 등록해 춤을 배우기 시작하고 나이까지 속여가며 유명 댄스 아카데미로 옮겨간 끝에 잘나가는 아이돌의 백댄서까지 되었다고 했다. 그러나 그는 이내 무대에서 내려와 혼자 춤을 추고 가르치며 살기로 결심했다. 왜 그랬냐는 물음에 그는 말했다.

"춤으로 뭐가 되겠다거나 돈을 얼마큼 벌겠다는 게 아니라 내 춤을 계속 추고 싶었어요."

첫다락 손님들은 저마다 다른 얼굴과 복장을 하고 이곳을 찾지만 그들에게는 묘한 공통분모가 감지된다. 삶의 목적이 단순하고 순수하다는 것이다. 그들과 이야기를 나눌 때면 늘 '다음 단계'에 관한 의문이 찌꺼기처럼 남곤 했다. 저 일이 저렇게 좋다고 해서 어떻게 인생을 통째로 바칠 수 있는지, 먹고살 걱정은 안 드는지, 저걸 발판으로 도대체 뭐가 되겠다는 건지 궁금했다. 그러나 그들은 뚜렷한 대답을 내어주지 않았다. 자신이 좋아하는 걸 발판 삼는 게 아니라 그 자체를 생의 목적처럼 아끼는 사람들이었다. 그림 그리는 게 좋아서 '알바로 돈 벌면서 그림 계속 그리며 평생 살겠다'고 한 손님, 영화를 만들고 싶어서 제주에서 무작정 상경했다는 손님, '지치지 않는 게 재능'이라며 하고픈 일을 하다가 귀여운 할머니로 늙고 싶다는 손님…… 무언가 '하고' 싶은 게 아니라 '되고' 싶어하며 살도록 길러지는 우리 사회 한복판에서 그들은 섬처럼 둥둥 떠 있는 존재처럼 느껴졌다. 담백하게 생각하고, 하고 싶은 걸 하면서 자기도 모르게 생의 본질에 더 가깝게 다가고 있는 사람처럼 말이다.

서재지기님도
할 수 있어요

유난히 추운 가을밤이었다. 첫다락 손님과 노란 등불을 사이에 두고 찻잔을 데우며 이야기를 나누고 있었다. 올해로 스물셋이라는 손님 S는 대학생이자 연극연출자로 살고 있었다. 열두 살 때부터 연극에 빠진 뒤 중학교에서는 학내 동아리를 만들어 무대를 연출했고 고교와 대학을 거치면서도 연출자의 삶을 놓지 않았다고 했다. 대학에서도 연극동아리에 들어갔다가 동아리의 한계를 넘어서고 싶어 직접 극단을 만들고 결국 대학로에서 두 번의 무대를 올렸단다. 꿈을 위해 현재의 행복을 유예하거나 현실의 제약으로 꿈을 포기하는 사람들과 달리 어려서부터 꿈을 일상으로 끌고 온 힘과 용기는 어디서 비롯됐는지 물었다. 그는 사랑과 신뢰를 듬뿍 받고 자라서 자신을 존

중하는 마음이 커졌던 것 같다고 대답했다. 공부도 곧잘 했지만 공부만 하라는 부모님의 압박도 없었고 '왜 돈 벌기 힘든 길로 가냐'는 우려도 별로 듣지 않고 자랐다고 했다. 친구들도 늘 자신에게 멋지다고 말해주어서 그게 힘이 되었다고 한다. 말을 내뱉는 S의 눈빛에서 이미 감지하고 있던 바였다. 자신감이 사랑을 먹고 자라면 동공으로 넘쳐흐르기 마련이니까.

"그런데 서재지기님은 어쩌다 춘천까지 와서 서재를 차리게 된 거예요?"

S의 물음에 대답할 차례였다. 그의 꿈을 듣고 있자니 나도 꿈을 꺼내고 싶어졌다. 물들었던 회사생활에서 탈출하려 휴직계를 던지고 온 춘천이지만 그건 꿈의 영역이 아니었다. 꿈은 소설가였어요, 라고 대답했다. 그렇게 말하고 있노라니 불현듯 부끄러워졌다. 아마도 열일곱이라는 나이 차이 때문이었을 것이다. 그는 열두 살 때 꾸던 꿈을 스물세 살에 이미 이뤄가며 살고 있었다. 같은 시절의 나는 어땠나. 학창 시절부터 작가를 꿈꿔왔지만 누구에게도 말하지 못했다. 부모님께 말씀드리면 어떻게 돈 벌고 살 건지 걱정부터 돌아올 것 같았고 친구들도 다 잘나가고 있거나 곧 그럴 것만 같아서 차라리 나를 변신시켜 내보이는 편이 나았다. 무엇보다 변변한 실천 한번 하지 않고 꿈만 꾸는 자신을 꼭꼭 숨기고 싶었다. 남들처럼 잘나가고 돈도

벌어야지 않겠냐는 변명을 그 누구에게보다 먼저 나에게 했다. 나도 S처럼 사랑과 신뢰를 받고 자란 듯하지만 그와는 정반대의 길을 택한 셈이다. 그렇게 마흔이 되었다.

한껏 작아진 나는 S를 앞에 두고 묻지도 않은 변명을 늘어놓기 시작했다.

"소설가를 꿈꾸었다지만 소설을 써본 적은 없어요. 잘 쓸 자신도 없고요. 그래도 한 번은 써봐야지 이 꿈이 깨끗이 지워질 것 같았어요. 그래서 휴직 기간 동안 책 읽는 공간을 차려놓고 거기서 실컷 쓰다가 올 생각을 했어요. 물론 내가 뭘 쓴다고 해서 스스로 만족할 만한 작품을 완성할 거라고 기대하지 않아요. 그러니까……"

매조지을 말을 찾느라 잠시 머뭇거렸다. 그러다 마음에 품고 있는 말을 냉큼 꺼냈다.

"그러니까, 실패하러 온 거예요 여기."

나는 나의 한계를 알고 있다. 내가 잘하거나 자신 있는 것들이 있지만 창작의 영역은 아니다. 글을 잘 쓴다고 생각할 때도 더러 있지만 결코 쓰고 싶었던 글의 영역은 아니다. 한 번도 소설을 써보지 않았던 이유는 그런 나를 잘 파악하고 있기 때문이었다. 그래서 잘할 수 있는 일을 생선살 발라먹듯 골라가며 덥석덥석 해왔다. 좋은 직장과 괜찮은 월급과 한줌의 명성을 그렇게 얻었다. 어쩌면 내 앞에 있는 스물세 살의 청년은 나에 비해 아직 아무것도 달성하지 못한 사람일지 모른다. 그가 나에게 할 말보다 내가 그에게 건넬 말이 더 많을지도 모른다. 그러나 적어도 우리는 꿈의 영역에서 이야기를 나누고 있었기에 나는 그를 부러워했고 스스로 왜소해졌으며 삶을 되돌아보았다.

"서재지기님도 할 수 있어요."

변명을 듣고 있던 S가 또렷한 눈빛으로 말했다. 으레 듣는 위안치고는 어조가 세고 분명했다. 감성이 아닌 이성으로부터, 공감과 위로가 아닌 경험으로부터 우러난 말 같았다. 나도 당신처럼 꼭 해내겠다고 그 앞에서 당차게 대답하고 싶었지만 끝내 자신이 없어 그만두었다. 하긴 할 건데 안 될 거예요 아마, 라고 웃으며 매듭지었던 것 같다. 그후로 밤이 한참 깊어지고 나서야 우리는 시간을 덮었다.

첫다락 손님과 인터뷰를 마치고 집으로 돌아가는 길은 늘 똑같지만 새롭다. 약사천에서 공지천으로 꺾어드는 익숙함을 따라 걸으며 오늘 대화의 몇 장면을 공중에 펼쳐놓았다. 나는 정말 꿈꾸는 사람일까? 실패할 걸 알면서 적어도 그 길을 걸어봤다고 스스로 위안하려고 혹은 그렇게 변명하려고 시간과 비용을 쏟아부었던 것은 아닐까. 애써 솔직해보려 했지만 너무 솔직하면 탈이 날 것 같아서 생각을 접어두었다. 다만 스스로 약속했다. 봄이 오면 꼭 쓰고 싶던 소설을 쓰자고. 스스로 재능이 부족하다는 걸 알아도 한 번은 완성하고 보자고. 실패하러 왔으니 실패는 하고 가자고.

4
부

약사동 성당 앞
늙은 느티나무

　첫서재가 자리한 약사동은 봉긋한 언덕 위에 있다. 언덕의 가장 높은 곳은 칠십 년 넘게 터를 지킨 오래된 성당의 첨탑인데 사람의 발길이 그 높은 데까지 닿지는 못한다. 그 대신 성당의 반대쪽 끝, 옛 종탑이 있던 자리에 오르면 성당 첨탑뿐 아니라 동네의 시원한 경치까지 한눈에 감상할 수 있다. 오르는 것만으로도 휴식이자 위안이 되는 풍경이다.

　공유서재를 짓기로 결심했을 때부터 이 성당은 약사동에 머물고 싶은 주된 이유였다. 돌로 쌓은 건물 모양새도 기품 있고 가지런히 정돈한 정원도 아름다웠지만, 더 마음에 든 것은 느티나무 한 그루였다. 성당 문 앞에 누군가 심어놓았다고 하는 느티나무는 뾰족한 성당 첨탑만큼이나 높고 웅장하다. 문지기의 말에 따르면 팔십 살은 넘었을 거라 한다. 성당은 일제 치하와 한국전쟁을 거치며 무너지고 고치고 새로 지어 지금 모습에 이르렀지만, 느티나무는 그 세월을 고스란히 품어 안고 자란 셈이다. 어릴 적 나고 자란 동네에 흙으로 쌓은 옛 성(城)이 있었는데 거기에도 커다란 느티나무 한 그루가 우뚝 서 있었다. 이 나무는 그 나무로 나를 데려가기도 한다. 그 동네에서 사춘기를 겪으며 읽었던 소설 「젊은 느티나무」를 떠올리게도 한다.

첫서재 문을 닫고 집으로 향하는 길이면 종종 성당에 들러 느티나무를 바라본다. 앙상했던 나뭇가지가 푸르게 옷을 입었다 붉게 익었다 하얗게 덮이는 광경을 보며 계절의 오고감을 실감한다. 느티나무가 있는 정원을 한 바퀴 돌면 뒤뜰에는 순교한 성직자와 교구사제들의 묘비가 나란히 모셔져 있다. 느티나무라는 삶에서 묘지라는 죽음에 이르는 짧은 산책길을 매일 걸었을, 본 적 없는 그들을 떠올린다. 산책을 마치고 집으로 향하는 길은 여름이면 밝고 겨울이면 어둡다.

휴일에는
막국수와
빵을 먹는다

첫서재 문 닫는 날 점심은 주로 막국수를 사 먹는다. 동네 어디에나 있고 값도 대개 육칠천 원 정도밖에 하지 않는다. 그중에서도 가장 애정하는 막국수 집은 다행히 첫서재에서 그리 멀지 않은 곳에 있다. 십 분가량 걸어가면 효자동 벽화골목이 나오는데, 다정한 벽화를 따라 골목길로 접어들면 바로 보이는 '평양막국수' 집이다. 가게 이름에서 알 수 있듯이 다른 막국수집에 비해 국물이 슴슴한 게 매력이다. 양념도 자극적이지 않고, 약간 불어 있는 듯하면서도 쫄깃한 면발 역시 중독성이 강하다. 거기에 큼직한 배춧잎 두 장을 넣은 메밀전을 곁들여 먹으면 이 값에 이런 만족을 누려도 되나 싶은 행복감이 밀려온다.

한 달에 적어도 두어 번씩은 이 막국수 집에 들르는데 비단 음식 맛 때문만은 아니다. 이 가게만의 정서와 주파수가 맞았기 때문이다. 옛집을 리모델링조차 하지 않은 채 그대로 쓰고 있어서 마치 어릴 적 시골 할머니댁을 찾은 기분이 든다. 춥지 않은 계절에는 너른 마당에 놓인 식탁에서 막국수를 후루룩 먹고 가기도 하고, 손님이 많은 날에는 가게 안방에서 먹는 호사도 누린다. 안방에는 사람이 사는 흔적, 이를테면 손톱깎이와 화장품 같은 실생활용품부터 옷장과 이불장까지 그대로 놓여 있다. 마치 지나가다 들른 시골 가정집에서 한 그릇 융숭하게 대접받는 기분으로 옛날식 막국수를 먹을 수 있으니 명백히 호사라 할 만하다.

　다만 이 평양막국수는 해가 바뀌면 더는 먹지 못하게 될 수도 있다. 서울로 돌아가야 하기 때문이기도 하지만, 이 가게 역시 올해를 끝으로 문을 닫을지도 모른다고 주인장이 귀띔해주었다. 온 가족이 함께 운영해왔는데 사정이 여의치 않게 되었단다. 춘천에 살기 전 여행 삼아 떠나왔을 때부터 꼬박꼬박 이 가게에 들러 막국수를 먹었다. 좋아하는 사람들이 방문할 때마다 주저 없이 데리고 갔던 곳이기도 하다. 지금은 첫서재가 된 폐가를 사들일 때도 '평양막국수와 가까이 있다'며 신나 했던 기억이 선명하다. 주인장 당신만 하겠냐마는, 떠나보내는 단골의 마음도 결코 후련할 수는 없다.

막국수에 앞서 아침은 주로 빵을 사 먹는다. 집과 첫서재 사이에 오래된 빵집 하나가 있는데 이름은 대원당이다. 춘천 사람이라면 누구나 알고 있는 이름이다. 시내에서 가장 오래된 빵집 중 하나이기 때문이다. 1968년에 문을 열었으니 첫서재 라일락나무와 나이가 비슷하다.

빵집 앞 도로변은 빵을 사러 잠시 정차한 차들로 붐빌 때가 많다. 오십 년 넘게 이토록 사랑받는 까닭은 빵을 먹어보면 금방 알 수 있다. 시대가 지나고 빵의 유행도 달라졌지만 대원당의 메뉴는 요지부동인 것들이 많다. 맘모스빵, 생크림슈, 버터크림식빵 같은 것들이다. 유행을 따르는 대신 원래 만들어오던 빵을 재료를 듬뿍 넣어 변함없이 만든다. 어릴 적 추억을 떠올리기에도, 자식 손 잡고 아빠의 어릴 적 얘기를 전해주기에도 그만이다.

변해가는 세상을 좇는 일도 중요하지만 누군가는 변함없이 있어주길 바라는 마음도 소중하다. 첫서재의 휴일마다 대원당에 들르는 이유도 비단 맛 때문만은 아닐 것이다. 늦가을 서재 문을 닫고 서울로 돌아가도, 더 많은 시간이 흘러 한참 뒤에 춘천을 찾아도 나의 일상이었던 가게가 어디 하나쯤은 남아 있기를 바라는 마음도 커다랗다. 오십 년 넘게 이어온 가게라면 다음 오십 년도 왠지 그 자리를 지키고 있을 것만 같아서.

담쟁이는
제 화분의 크기만큼 자란다

담쟁이넝쿨을 키우기로 했다. 지난겨울, 첫서재 앞마당 담장 공사를 마치고 든 생각이다. 시멘트로 밑동을 단단히 받치고 목재를 뉘어 울타리 삼아봤지만 아무래도 좀 휑했다. 누군가 찾아오면 처음 보는 게 담장일 텐데 우거진 녹음을 선사하진 못해도 초록이 반기는 기분이라도 내게 하고 싶었다. 벽화를 그려볼까 생각도 해봤지만 결론은 담쟁이였다. 벽을 타고 올라 울타리를 휘감기까지는 꽤 오랜 시간이 걸릴 테지만 뭐, 개의치 않았다. 첫서재에게도 같이 자라는 동갑내기 생명친구가 하나쯤 있으면 좋을 테니까. 어쨌든 날이 풀리기만을 손꼽아 기다렸다.

어느새 봄. 담쟁이 모종을 심기 전에 어떤 종을 키워야 할지부터 알아봤다. 산지와 생육기간별로 종류가 제법 다양했다. 우선 가장 크고 튼튼해 보이는 미국산과 우리 땅에서 잘 자랄 것 같은 국산 몇 종을 골랐다. 생육기간도 갓 발아된 여린 모종부터 나뭇가지 모양새를 제법 갖춘 묘목까지 종류별로 주워담았다. 다음은 어디 심을지 정할 차례였다. 땅을 깊게 파서 화단을 조성해놓은 오른쪽 담장은 화단과 담장 틈새에 심어두면 되었다. 문제는 왼쪽 담장이었다. 이미 라일락나무를 둘러싸고 벤치 틀을 짜놓은 터라 새로 화단을 일굴 공간이 남지 않았다. 이리저리 고심한 끝에 화분 몇 개에 모종을 나눠 심은 뒤 담 아래 바짝 붙여두기로 했다. 손바닥보다 작은 화분부터 팔뚝만한 화분까지 크기별로 나란히 놓아두고 산지와 생육 상태가 제각기 다른 아기 담쟁이들을 섞어 심었다. 서로 말은 안 통하겠지만 사이좋게 지내라, 덩치 크다고 작은 애들 괴롭히지 말고, 당부하면서.

여름이 왔다. 과연 이게 담에 들러붙으려나 의심스럽던 연약한 담쟁이들은 용케도 저마다 생존본능을 발휘해 잘 자라주었다. 서향집의 햇볕과 주인장의 애정을 듬뿍 먹은 덕도 있을 것이다. 그렇다면 어떤 담쟁이가 제일 튼실히 자랐을까? 미국 담쟁이일까, 국산 담쟁이일까. 가냘픈 모종이던 녀석일까, 제법 튼튼한 묘목이던 녀석일까. 볕은 공평하게 받았고 다른 조건들도 비슷했기에 나조차 몹시 궁금해하며 키우던 터였다.

결론부터 말하자면 국산이든 아니든 모종이었든 묘목이었든 크게 상관없었다. 담쟁이들은 예외 없이 자기 화분의 크기만큼 자랐다. 가장 작은 화분에 심은 녀석들은 생산지를 막론하고 하나같이 두 뼘 남짓조차 자라지 못했고 조금 더 큰 화분에 심은 녀석은 무릎 높이만큼은 자라났다. 그리고 땅을 깊게 파서 일군 화단의 담쟁이들은 종류에 관계없이 울타리를 몇 바퀴 휘휘 감을 정도로 컸다. 땅속 깊은 곳의 양분과 기운을 흠뻑 빨아들여서일까. 어쨌든 담쟁이들은 자신을 감싸안은 세계의 크기, 꼭 그만큼씩 자랐다.

예부터 '말은 제주도로 사람은 서울로 보내라'고 했다. 자식을 더 큰 도시나 해외로 보내려는 어른들에 대해 이제까지는 한줌 삐딱한 마음도 들었던 게 사실이다. 자신도 못 가본 세상을 어떻게 더 낫다고 예단할 수 있는지 의심스러웠기 때문이다. 그저 더 넓은 세상에 대한 막연한 신비감쯤일 거라 여겨왔다. 하지만 담쟁이의 성장을 지켜보다보니 그런 내 삐딱함이 도리어 미천한 경험에서 비롯됐을 수도 있겠다는 생각이 문득 들었다. 어느 부모든 제 자식이 자라는 화분의 크기를 힘닿는 대로 넓혀주고 싶었을 테니까. 그들도 내가 담쟁이를 바라보며 이제야 깨달아가고 있는 것을 저마다 삶의 반경 어디에선가 목도했을지 모르니.

　물론 더 발전된 도시와 나라라고 해서 무조건 '큰 화분'으로 단정할 수는 없을 터이다. 대도시 마천루에 출퇴근하며 살아도 성장을 멈춘 사람도 있고 반대로 비좁은 골방에서도 기막힌 통찰을 해내는 이도 있으니까. 공간의 물리적 크기로만 세상을 가늠한다면 그것 또한 착각일 수 있다. 그런 표면의 잣대보다는 결국 '다양성'의 관점에서 자신이 자라는 화분의 크기를 재볼 수 있지 않을까? 얼마나 다양한 사람과 사유를 접하며 살고 있는지, 얼마나 다양한 경험을 손과 발에 묻히고 있는지에 걸맞게 존재는 확장될 테니 말이다. 물론 햇볕과 애정을 부족함 없이 먹고 있다면.

동네 단골 책방
'서툰책방'이 사라진다는 사실

　쉬는 날이면 종종 동네 책방에 들른다. '서툰책방'이라는, 이름도 첫서재의 결과 닿아 있는 자그마한 독립서점이다. 삼 년 전, 춘천에 얼마간 살아보기로 결심하고 이곳저곳 살 곳을 알아보러 다닐 때 처음 가족과 함께 이 책방을 찾았다. 책을 한두 권 고르고 있는데 아들 내미가 문득 "나 이거 사고 싶어"라며 그림책 한 권을 집어들고 왔다. 제목은 『약사리 외계인』 춘천 약사동을 배경으로 상상을 덧댄 그림책이었다. 그런데 알고 보니 이 책은 한 권밖에 남지 않아서 판매하는 대신 전시용으로만 놓아두고 있었다. 아쉬워하는 아들 녀석을 달래고 있는데 문득 서점 주인이 "그럼 그냥 너 줄게"라며 책을 아들의 조막손에 쥐어주었다. 책값을 지불하겠다고 했지만 '이미 판매 안 하기로 한 책이니 그냥 선물로 들고 가시라'며 한사코 거절했다. 책방을 나오며 우리는 춘천은 춥지만 따뜻한 곳이라고, 여기 살기로 결심하길 잘한 것 같다고 되뇌었다. 그후 춘천으로 이사 와서는 늘 사고 싶은 책이 생기면 무조건 이곳부터 향했다.

그날도 마찬가지로 쉬는 날 오후 서툰책방에 들렀다. 책마다 써붙여둔 손글씨와 깊고 짙은 초록색 벽이 한낮의 볕을 잔뜩 머금고 있었다. 마음까지 데워지는 기분. 여기서는 꼭 한 권 사러 왔다가 두세 권을 사게 된다고 기분 좋은 푸념을 하며 계산을 하려는데 서점 주인이 주섬주섬 말을 꺼냈다.

"저희…… 다음 달까지만 하고 문 닫아요."

우리 가게도 아닌데 갑자기 마음이 휑했다. 덮고 있던 도톰한 이불을 누군가 갑자기 들춘 심경이었다. 실례를 무릅쓰고 이유를 물었다.

"할 만큼 충분히 다 했다는 생각이 들어요. 책방을 운영하기로 했을 때 하고 싶었던 것들을 이젠 다 해본 것 같아서요. 언젠가 그만둘 거면 지금 용기를 내어보자고 생각했어요."

"혹시 다음에 뭘 할지 생각은 해둔 건가요?"

"아니, 아직요. 그런 계획은 없어요. 그냥……"

"……"

"그냥 오래 생각해왔던 대로 쓰는 일에 집중해보려고요."

그의 글을 읽은 적이 있다. 책방 글쓰기 모임에서 썼다고 했는데 선물로 건네받게 되었다. 그가 얼마나 작가를 꿈꾸었는지 알 수 있는 솔직담백한 글이었다. 아쉬운 마음은 이내 축하하는 마음에 자리를 내어주었다. '쓰는 사람이라니, 저와 꿈 동료가 되었군요!'라는 반가움을 입 밖으로 꺼내려다 수줍어 얼른 되삼켰다. 대신 응원한다는 단순한 말과 가벼운 미소로 갈음했던 것 같다.

돌아오는 길. 마음이 조금은 복잡해졌다. 이유가 어떻든 간에 애정하던 동네 단골 책방이 사라진다는 사실은 커다란 상실감을 불러일으켰다. 몇 달 전에는 춘천에서 가장 큰 서점이 문을 닫기도 했다. 인구 삼십만 명 가까운 도시에 이제 소설과 인문학을 다루는 서점은 내가 아는 한 세 곳밖에 없다. 서점은 아니더라도 시한부 공유서재인 우리 첫서재조차 문을 닫으면 이 도시는 책과 또 한 걸음 더 멀어지겠지. 역설적으로 춘천은 나라에서 공식적으로 이름 붙인 몇 안 되는 '문화 도시'다.

그런 걱정에 이르니 서점 주인의 꿈을 더 절실하게 지지하고 싶어졌다. 못내 안타까운 마음을 달래기 위해서라도 말이다. 언젠가 만나게 될 그의 글이 '책 없는 문화 도시'가 되어가는 춘천을 계속 사랑하게 해줄 한 톨의 씨앗 같은 이유가 되어주기를.

대들보는 지금껏
얼마나 많은 눈을 삼켰을까

한가한 오후엔 한참 멍하니 천장을 바라본다. 대들보와 눈이 마주친다. 대들보에는 못이 박혀 있다. 지금은 쓰지 않는 오래된 전구 소켓도 박혀 있다. 거무스름한 때와 유래를 가늠할 수 없는 먼지도 박혀 있다.

대들보에 보이지 않게 박혀 있는 것들을 생각한다. 그것을 바라보았을 옛 주인의 하루를 떠올린다. 대들보가 지탱했을 눈(雪)의 무게와 시간의 중력을 체감한다. 갈라진 틈새로 불어닥쳤을 무수한 바람을, 썩고 그을린 틈으로 벌어진 온갖 생명의 침입을 미루어 짐작한다.

대들보를 바라보는 나의 눈빛도 언젠가는 저기 새겨질 거라 상상한다. 서재를 찾아주는 이들이 한 번쯤은 올려다보았을 뭉근한 시선까지도. 불현듯 마음이 단단해진다.

우리는 커서 다
행복이 되고 싶은 거
아닐까요

첫서재에는 두 개의 액자가 걸려 있다. 하나는 제주의 사진작가 김영갑의 작품이다. 흐린 하늘 아래 유채꽃이 흐드러지게 피어 있고 그 사이를 가느다란 돌담이 지평선처럼 가르고 있다. 얼핏 봐서는 손으로 그린 그림이라고 착각할 만큼 초점을 잃은 사진이지만 그 흐릿한 조화가 도리어 자연스럽기도 하다.

김영갑 작가는 이십 년 넘도록 제주에 머물며 제주의 신비한 자연을 일상적으로 카메라에 담았지만 제주에서 나고 자라지는 않았다. 스물아홉 살에야 제주에 정착했고, 극빈하게 살면서 밥 먹을 돈을 아껴 필름을 사서 작품 활동을 이어갔다고 한다. 마흔여섯 살에야 버려진 초등학교를 임대받아 겨우 자신만의 전시관을 열 수 있었는데, 이미 루게릭병으로 카메라를 들지도 제대로 먹지도 못하는 지경이었다. 마지막 힘을 다해 손수 만든 자신의 전시관에서 그는 투병 육 년 만에 고이 잠들었다. 그의 유골은 두모악 마당에 뿌려졌다고 한다.

그는 외지에 정착해 갖은 오해와 경계를 받았지만 새로운 고향을 얻게 되었고, 힘겨운 하루하루를 견디며 살았지만 결국 자신만의 공간에서 영원히 안식하게 되었다. 그리고 그가 묻힌 땅과 남기고 간 작품은 사람들이 제주를 사랑하는 오래된 이유가 되었다.

다른 한 액자는 존 레논 사진과 그의 말을 담은 종이 포스터다. 쓰인 문구는 이렇다.

"내가 다섯 살 때 엄마는 행복이 삶의 열쇠라고 늘 일러주었다. 내가 학교에 갔을 때 그들은 내게 커서 뭐가 되고 싶은지 물었다. 나는 '행복'이라고 적어내렸다. 그들은 나더러 '숙제를 이해하지 못했다'고 말했다. 나는 그들에게 '당신들이 인생을 이해하지 못했는데요'라고 말했다."

어른이 되어서도 존 레논의 생각은 크게 달라지지 않았던 모양이다. 비틀스가 해체한 뒤 나온 그의 노래 가사를 곱씹어보면 쉬 짐작할 수 있다. 그는 그렇게 영원히 닿지 못할 듯한 '모두의 행복'에 집중하거나 집착하다가 어느 날 거짓말처럼 세상을 떠났다. 사람들은 그가 떠난 날 둥글게 모여 〈Imagine〉을 불렀다고 한다.

사십여 년이 지나 지구 반대편 소도시의 소담한 공유서재에서도 여전히 그의 음악이 흘러나온다. 사람들은 들을 때마다 비슷한 생각을 하고 있는지도 모르겠다. 존 레논의 〈Imagine〉 같은 세상은 아마 오지 않을 거라고. 그러나 우리 모두는 아주 느리게, 그런 세상을 향해 한 걸음씩 걸어가고도 있는 것이라고.

나만의 것으로 시작했지만
나만의 것이 아니게 되기에

첫서재에 짧은 가을이 찾아왔다. 겨우내 심어놓은 남천나무와 봄에 심은 담쟁이의 잎사귀가 차례로 붉게 달아올랐다. 라일락나무 이파리는 여름이 건네고 간 습기를 뒤늦게 내뱉으며 동그랗게 말려올라간다. 옆집 할머니네 감나무도 며칠 전 수확하는 소리가 들리더니 따님께서 감을 잔뜩 욱여넣은 까만 봉다리를 들고 찾아와 내 손에 툭 건네고 가셨다. 이럴 줄 알았으면 감 따고 계실 때 양손에 따듯한 차 한잔이라도 내어드릴걸. 주방과 그림책방의 쪽창문 바깥 단풍나무는 여전히 철 모르고 푸르다. 볕이 모자란 외진 땅에 심어둔 녀석들이라 계절 감각에 무뎌진 듯하다. 그래도 가을이다. 오는 손님들의 옷도 한 겹씩 두터워지고 서향집 오후에 햇볕이 밀물처럼 덮쳐도 그리 덥지 않은 계절. 더위를 몹시 타는 내게 가을은 여름을 견뎌낸 신의 선물이다. 봄이 누군가에게 겨울의 선물이듯.

짧은 가을을 만끽하는 사이에 시월의 마지막 날이 찾아온다. 이 하루가 지나면 가을일까, 겨울일까. 11월은 계절을 규정하기 모호한 달이다. 그것 또한 11월만의 특권이겠지. 그래도 확실한 게 있다. 2022년 11월이면 지금 형태의 첫서재는 문을 닫는다. 첫눈 속에 파묻힐 비밀의 궁궐처럼 옛날이야기가 된다. 애초에 스무 달만 운영하고 닫을 요량이었으니 어쩔 수 없는 운명이다. 지난해 3월에 첫 문을 열었고 올해 10월의 마지막 일요일에 마지막 문을 열 예정이다. 그렇게 나는 휴직 생활을 마치고 회사로 돌아간다. 정해진 미래다.

휴직을 하고 시한부 가게를 차리기로 결심한 순간부터 종종 첫서재의 마지막 날 풍경을 머릿속에 그려왔다. 밀려들 슬픔을 미리 나누어 겪는 나만의 방식이었다. 2022년 10월의 마지막 일요일 저녁. 마지막 손님이 찾아온다. 주문받은 음료를 마지막으로 내어드린다. 아껴 골라둔 마지막 음악을 재생한다. 저녁 일곱시가 되면 늘 그랬듯 가게를 정리한다. 서까래와 나무 천장을 올려다보다가 꽂힌 책들을 응시하겠지. 카운터 벽에 빼곡히 붙은 손글씨와 함께 숨쉬던 식물들과 나를 지독히도 괴롭히던 하얀 벽의 벌레 자국도. 고목 테이블과 바닥의 나뭇결에 잠시 볼을 비빌지도 모를 일이다. 다락방 고불고불 계단도 마지막으로 올라볼 것 같다. 침대에 누워볼 것도 같다. 마지막 불을 끄고 가게 문을 만지고 걸어잠근다. 그러고는 뒤돌아 서서 익숙했지만 잊힐 퇴근길을 걸어내려간다. 감정은 먼 곳에서 아래로 덮칠 것이다. 그 감정에 지지 않으려 애쓰거나 이내 승복할 것이다. 이런 뻔한 슬픔의 미래를 군이 앞당겨 상상할 필요가 더러 있었다. 지금이 너무 행복해서 진정해야 할 때, 뜻 모를 불안이 흐릿하게 마음에 번질 때 그랬다. 어차피 끝날 일이야, 다 알고 시작했잖아, 다독임이 필요했던 순간들이었다.

시작할 때부터 계산한 미래였다지만 막상 가게 문을 열고 보니 셈법을 한참 벗어난 감정들이 속속 들이닥쳤다. 예상했던 바에 비해 사람들의 온기는 더 전염성이 강했고, 셈에 밝았던 현실주의자의 이성을 더 발갛게 물들였다. 돈을 내야 하는 가게에 찾아와 불쑥 선물까지 내밀고 떠나는 사람들. 뭐라도 드시라며 먹을거리 챙겨주는 동네 손님들. 정성스럽게 남기고 간 손글씨들. 멀리서 왔다며 활짝 웃을 때 내려가는 눈꼬리들. 그리고 다락방에 머리카락과 소금기를 묻혀두고 떠난 오 년 뒤의 인연들. 그저 '스무 달 동안 나 해보고 싶은 거 다 하며 살다가 문 닫지 뭐'라고 생각하며 문을 연 가게는 어느새 겨우내 얼지 않을 작고 단단한 다정함들로 북적였다.

나만의 것으로 시작했지만 나만의 것이 아니게 된 가게. 문을 닫는
꼭 일 년 뒤에는 이런 사람들의 더운 기억까지 통째로 차갑게 식혀야
할 것이었다. 그리고 모든 걸 잠그고 뒤돌아서야겠지. 벌써부터 그
날 공중에 떠오를 얼굴들이 겹겹이 포개어진다. 단순히 '하고 싶은
거 하고 살았다'며 홀가분해할 수 없는 처지가 된 셈이다. 이래서 누
군가와 인연을 맺는 게 두려웠어, 라고 부질없이 되뇐다. 왜 예상보
다 훨씬 더 행복한 거냐고 원망할 수도, 그렇다고 생계를 포기하며
첫서재에 계속 머물 수도 없는 노릇이다. 막연한 복잡함에서 벗어나
보겠다고 시작한 여성의 끝이 도리어 더 얽혀버린 건 아닐까. 그래
도 행복으로 엉킨 실타래니 풀어내지 않고 그대로 놓아둔다. 어떻게
든 되겠지. 일단은 고마워만 하자. 얽힌 모든 것에.

처음 춘천에 도착했을 때를 떠올린다. 유난히 추위가 가시지 않던
2월 말. 거대한 이삿짐 차량을 먼저 보낸 뒤 빨간 캐리어 두 개에 개
인용품을 싣고 십이 년째 몰고 있는 차를 달려 남춘천 나들목을 통과
했다. 새로 들어설 집 앞에는 며칠 전 내린 눈이 녹지 않고 있었다.
계절 때문이었는지 도시 이름 때문이었는지는 분명치 않지만 학창
시절 이후 처음으로 봄방학을 맞이한 기분이 들었다. 겨울의 터널을
지나 봄에 이르는 그 짧은 방학. 이제껏 십 년 넘게 직장생활을 한 데

비하면 스무 달의 휴직기간은 분명 그 정도의 짧은 쉼일 것이었다. 그렇게 봄의 도시에서, 마치 생의 봄으로 되돌아간 듯한 나날이 시작됐다. 꿈결 같은 나날들. 어느새 주어진 시간은 절반 가까이 지났다. 꼭 일 년 뒤, 어른이 되어 처음 맞은 봄방학이 끝날 무렵이면 나는 어디에 가닿아 있을까. 학창시절의 짧은 봄방학은 늘 길고 익숙했던 한 세계와의 작별이었고 그 끝은 미지의 진입로와 맞닿아 있었다. 어김없이 그랬다. 지금의 나 역시 그때와 같을까. 길고 익숙했던 세계를 벗어나 처음 보는 삶의 모양과 운명처럼 조우하게 될까. 아니면 아무 일 없던 것처럼 원래 자리로 무덤덤히 귀환할까. 나는 어떤 존재가 되어 있을까.

아직은 먼 미래다. 부디 멀리할 미래. 당장 짧은 가을이 끝나면 긴 겨울이 찾아온다. 월동 준비부터 하고 봐야겠다. 봄의 도시라지만 실상은 겨울이 가장 긴 도시에서의 처음이자 마지막 겨울. 어차피 맞이할 계절이라면 차라리 더 모질고 혹독했으면 좋겠다는 생각이다. 이 모든 가녀린 상상과 미지근한 아쉬움까지 차갑게 식히거나 얼려버리게. 지금의 행복이 시한부라는 냉정한 현실을 앞에 두고 어떤 감정도 달구어지지 않게.

내 생애
어쩌면 첫 겨울일지도

저녁 일곱시. 서새 문을 닫을 무렵이었다. 첫나락에 머무는 손님
과의 인터뷰가 예정되어 있었기에 퇴근하지 않고 주방을 정리하며
시간을 보냈다. 커피메이커의 원두찌꺼기를 닦아내고 물통을 비우
고 그릇 받침대의 컵들을 가지런히 정렬해두었다. 하루를 가라앉히
는 시간인데 오른쪽 구석에서 자꾸만 성가신 소리가 들려왔다. 또도
독. 또도독. 주방 맨 끝 온수기에서 이른 오후부터 나는 소리였다. 또
독, 또독 하고 주기가 점점 짧아지더니 이제는 아예 쉴 틈 없이 소리
가 이어졌다. 도대체 뭐가 문제지, 내일 수리 기사님을 불러야 하나,
생각하며 화장실을 정리하러 잠시 주방을 비웠다.

몇 분이 지났을까. 다시 돌아오니 주방 개수대는 그사이 물바다가

되어 있었다. 온수기 밑바닥에서 물이 콸콸 쏟아지면서 옆에 있던 커피머신과 소형 제빙기까지 덮친 것이다. 얼른 수도관과 온수기를 연결하는 밸브를 잠그고 물이 아랫목 집기들을 덮치지 않도록 헝겊으로 훔쳤다. 십수 차례 쥐어짜내고 훔치길 반복하니 물기가 걷혔다. 늦은 저녁이라 수리 기사님을 부를 수도 없었다. 당장 온수기가 고장났으니 내일 영업은 어떻게 해야 할지. 집에서 쓰던 커피포트라도 가져와야 할 판이었다.

다음 날, 커피포트와 생수 여섯 통 묶음을 끙끙 짊어지고 가게에 도착했다. 아침부터 춘천 수리업체를 하나씩 검색해 전화를 돌렸는데 다행히 오전에 시간이 되는 수리 기사님을 찾았다. 그래도 고치는 데 얼마나 걸릴지 알 수 없으니 대비를 해두어야 했다. 가게 문을 열 무렵 기사님이 예정보다 일찍 도착했다. 온수기를 완전히 해체한 뒤에야 물이 새는 원인이 밝혀졌다. 노후한 플라스틱 연결고리가 갑자기 추워진 날씨를 견디지 못하고 깨진 것이다.

"이 온수기는 시중에 별로 없는 제품이라 부품이 거의 없어요. 일단 제가 가져온 걸로 끼워보긴 할 텐데 잘되려나 모르겠네요."

기사님 우려와는 달리 다행스럽게 호환이 되었다. 옆에서 숨죽인 목소리로 만세를 외쳤다. 작은 연결고리 한두 개 교체하는 수준이었지만 기기를 해체하고 조립하느라 한 시간이 훌쩍 지났다.

"더 추워지면 온수기 연결하는 관부터 얼 거예요. 그거 얼면 답도 없어요. 미리 준비 잘하셔야 할 거예요."

춘천 온 지 아홉 달 밖에 되지 않았다는 나의 말에 기사님은 이런 저런 조언을 보태어주었다. 수리비 팔만 원을 내고 기사님을 배웅해 드린 뒤 가게로 돌아오며 중얼거렸다.

"겨울이야. 겨울이 왔네."

첫서재 문을 열지도 않았던 지난해 겨울의 혹독한 가르침을 기억한다. 징수 필터가 터져서 가게가 물바다가 되고 화장실 변기까지 얼어서 깨져버렸던 겨울. 큰돈과 시간을 들여 고쳐놓은 집이 순식간에 엉망이 되어버렸다. 왜 사서 고생을 했는지 처음으로 후회가 밀려오던 날들이었다. 그 계절이 다시 돌아왔다. 우리 앞마당은 똑똑해서 숫자를 읽는 능력이 있는지 달력이 11월에서 12월로 넘어가자마자 기다렸다는 듯이 갈라진 틈새마다 살얼음을 틔웠다. 좁은 실내에 놔둘 데가 없어 뒷마당에 세워둔 밀대 걸레들도 시나브로 얼어 제 기능을 잃어갔다. 지난해에도 혹한을 체감했지만 그때는 그나마 서울에 살다가 주말에만 첫서재를 오가는 수준이었다. 춘천의 한겨울을 매일 곱씹어 소화하는 첫 경험은 지금부터 막 시작되고 있는 셈이다.

봄을 이름에 품은 이 도시에서 아홉 달을 보내면서 가장 발달한 몸의 기능이 있다면 그건 계절을 느끼는 감각세포일 것이다. 서울에서 계절은 대비하는 대상일 뿐 감각하는 대상이 아니었다. 더워지면 반팔을 입고 선풍기와 에어컨을 틀면 됐다. 추워지면 옷을 껴입고 따뜻한 실내로 들어가면 됐다. 안경에 김이 서리는 불편함 정도만 감수하면 그만이었다. 가끔 찾아오는 봄과 가을이 반가웠지만 몸이 저릿하기도 전에 떠나버렸다. 서울에서의 계절은 사계절이지만 한 계절이기도 했던 셈이다. 늘 비슷한 온도와 습도를 유지하는 데 모두가 혈안이 되어 있는 도시였고 나도 그랬으니까.

이곳 첫서재에서의 삶은 다르다. 계절의 변화 마디마디를 박박 긁어내듯 감각하게 된다. 매일 여덟 시간씩 나와 마주보고 있는 앞마당 라일락나무가 싹을 틔우고 꽃을 피워내고 이파리가 무성해지고 노래졌다가 떨어진다. 파리들은 봄과 가을마다 유리창에 하얀 똥을 묻혔다가 여름과 겨울이 되면 귀신같이 사라진다. 봄에는 벌이 찾아오고 여름이면 땅 밑 벌레가 늘어난다. 정오마다 찾아오던 참새 무리가 점점 지각하기 시작하면 그제야 가을이다. 그리고 나무 천장이 수분을 뱉으며 잔뜩 웅크리느라 미세하게 서로의 틈을 벌리면 그 사이로 찬바람과 함께 겨울이 스며든다. 아무리 전열기구와 온풍기를 켜두어도 발목 아래가 시릿하다. 처음엔 그마저도 따뜻하게 할 방법을 골몰했지만 이내 '겨울이니 발목 아래 정도는 시리게 놔둬야 하지 않을까' 생각하고 있다. 체념이 아닌 수용이다. 계절에 맞서지 않고 계절을 머금고 살고 싶어서 말이다.

내일은 서재가 문 닫는 월요일이다. 12월의 첫 휴일인만큼 대청소와 함께 겨울맞이도 할 요량이다. 땅 밑에 파놓은 수도관 계량기에 이불을 욱여넣고 수도꼭지마다 두꺼운 포목으로 돌돌 말아주어야 한다. 앞마당 화분들도 들여놓거나 집으로 잠시 피신시켜주어야지. 또 무슨 채비를 해야 할까. 창밖으로 성당 첨탑 끝에 걸린 하늘을 바라보며 골똘한 표정을 짓나가 문득 이런 생각이 스쳤다. 삼십구 년 전 여름에 태어났으니 내겐 마흔번째 겨울이지만, 어쩌면 나는 지금 막 생애 첫 겨울을 삶에 초대하고 있는 걸지도 모르겠다고.

작가의

말

일흔 살에는 시 한 편을 쓸 수 있는 사람이면 좋겠습니다.

오직 그 한 편을 완성하기 위해 인생을 가다듬고
모난 기질을 세공해가는 삶이라면 좋겠습니다.

그 한 편에는 걸출한 문장은 아니더라도
사랑했던 사람들이 넌지시 건넨 마음과
질투하고 흠모했던 이들에게서 얻은 영감이
잘 버무려진다면 좋겠습니다.

여태 한 줄도 완성하지 못하였지만 그 한 편에는

'첫서재'라는 세 글자만큼은 반드시 새겨질 것입니다.

이곳에서 처음 그렇게 생각했으니까요.

일흔 살이 되기 한참 전에 한 편의 시 대신

한 권의 책이 먼저 완성되었습니다.

책다운 책이었으면 좋겠습니다.

만약 그렇다면 저의 길잡이별 난다 식구와

저의 식구 덕일 것입니다.

2022년 여름

첫서재에서

돈이

아닌 것들을

버는가게

ⓒ 남형석 2022

1판 1쇄 발행 2022년 8월 31일
1판 3쇄 발행 2022년 11월 30일

지은이 남형석

펴낸이 김민정
책임편집 유성원
편집 김동휘 권현승
디자인 한혜진
마케팅 정민호 이숙재 김도윤 한민아 정진아 이민경 정유선 김수인
브랜딩 함유지 함근아 김희숙 고보미 박민재 박진희 정승민
제작 강신은 김동욱 임현식
제작처 천광인쇄사(인쇄) 신안문화사(제본)

펴낸곳 (주)난다
출판등록 2016년 8월 25일 제406-2016-000108호
주소 10881 경기도 파주시 회동길 210
전자우편 nandatoogo@gmail.com **페이스북** @nandaisart **인스타그램** @nandaisart
문의전화 031-955-8865(편집) 031-955-2696(마케팅) 031-955-8855(팩스)

ISBN 979-11-91859-32-4 03810